JN318725

群青の夜の羽毛布

山本文緒

角川文庫
18338

1

先生、こんばんは。

どうぞどうぞ。座って下さい。

今日は少し肌寒いですね。もう十月も半ばですから。ぼんやりしてると、一年なんてあっという間にたってしまいますね。

おなかは空《す》いてないですか？　ああ、そうでしたね。先生はいつも夕飯は済ませて来るんでしたよね。はい、わたしももういただきました。今日はおでんでした。風が冷たくなってくると、おでんが食べたくなって……え？　先生もそうだったんですか。気があいますねえ。でも、今日みたいに急に冷えると、夕飯におでんを作った家が多いんでしょうね。

ああ、そうですか。先生はちくわぶが好きですか。変なものが好きですね。あとは卵と大根とはんぺん？　なんだか白いものばっかりですね。分かった、先生はおでん種より出し汁が好きなんでしょう。だから味が染みやすいのが好きなんだ。わたし？　そうですねえ、わたしはタコが好きかな。おかしいですか？　そんなに笑わないで下さいよ。

でもね、うちの家族はみんなタコが嫌いなんで、入れてくれないんですよ。

え？　頼んでみればいいって？　うん、まあ、そうなんですけどね。うちは誰もわたしの言うことなんか聞いてくれないんですよ。みんな勝手なことばかり。

一事が万事なんですよ。みんなわたしに頼ってるふりをして、本当は疎ましく思ってるんです。でも、いなくなったらそれはそれで困るのは分かってますからね。利用してるんですよ、わたしを。使えるだけ使って、役に立たなくなったら捨てようと思ってるんです。わたしには分かってるんです。だからわたしは、あいつらにいつか復讐《ふくしゅう》してやろうって思ってるんですよ。復讐ですよ。あっと言わせてやるんです。

わたしにした仕打ちを思い知らせてやるんです。ひどいことをしたって、後悔させてやりたいんです。

……ええ、先生……大丈夫です。

ありがとうございます。いつも先生のハンカチを借りちゃってすみません。

どうして、こんな話になったんでしたっけ。あ、おでんのタコのところから話が変になったんでしたよね。

わたしね、先生と時々こうしてお会いして話をするのが、今の生活の中で一番の楽しみなんです。

正直言って、最初はカウンセリングなんて、何の役に立つんだろうと思ってたんです。そんなものわたしには必要ないし、お金がもったいないだけだって。それなのに、みんながわたしの頭はおかしいって言いだして。おかしいのはそっちじゃないかって思ったんですが。

でもね、よく考えてみると、わたしはこの歳になるまでずっと、言いたいことの半分も言えずに生きてきたような気がするんです。先生のような人になら、自分の気持ちを包み隠さず話せるかもしれないって思ったんです。

ええ、よかったです。本当に。

先生とお会いできるようになって、だいぶ心が軽くなりました。解決のつかないことでも、声に出して話をするだけでずいぶん気持ちが晴れるものなんですね。

え？　復讐？

わたし、今そんなこと言いましたか？

そうですか。どうもわたし、興奮すると変なことを言いだす癖があるんですよね。自覚があるのは素晴らしいって？　それって、ほめてないですよ、先生。笑ってないで。

復讐ですか。そうですか。

おでんに農薬でも入れましょうか。

はんぺんなんか食べたら、たっぷり汁を吸ってるからコロッと死ねるでしょうね。タコなら助かるかもしれませんよ、先生。

さとるは、ショッピングカートを引いて坂道を登っている。

その小高い丘の斜面には、張りつくようにして家々が建ち並んでいる。その間を縫うようにして、何本かの坂道が頂上に向かって曲線を描いていた。

その中の一番広いアスファルトの坂道を、さとるは上がっていた。カートの中には、大根、白菜、洗剤の箱、ミネラルウォーターの瓶など荷物が溢《あふ》れんばかりに入っている。

さとるは坂の中腹あたりで足を止めた。息が弾み、セーターを着た脇の下が汗ばんでいる。右に大きく弧を描いた坂道を、息を整えながら見上げた。立ち止まったさとるの後ろから、やはり買い物帰りらしい主婦が、スクーターに乗って追い抜いて行く。さとるはそれをぼんやりと見送った。

弧の頂点を抜けると、その先に桜並木が続いている。並木の終着点に中学校があり、その前を左に折れ、細くて急な坂道を上がって行くと、ようやく丘の頂上に着く。そこにさとるの家があるのだ。

気を取り直して歩きはじめた時、曲がった坂道の上から女の子が姿を現した。リズミカルに坂道を下りて来たその子は、さとるの姿を認めて立ち止まった。

「みつる」

さとるは大きく息を吐いた。

「いいとこで会った。家まで荷物運ぶの手伝ってくれない？」

「なに言ってんのよ。出掛けようとしてる人に向かって」

妹のみつるは、ジーンズに古着のジャケットを羽織り、頭にニットの帽子をかぶっていた。こぎたない格好なのに、顔だけはきっちり化粧をしている。会社に行く時はコンシャスなワンピースを着ているくせに、週末遊びに出掛ける時はこんな格好をするのだ。それが彼女と彼女の仲間達にとっての粋らしい。

「どうせ遊びに行くんでしょう。少しぐらい遅れてもいいじゃない」

迷彩色の古着に両手を突っ込み、妹は唇を尖《とが》らせた。

「お休みの日ぐらい、遊んだっていいじゃない」

「遊ぶのが悪いって言ってるわけじゃないでしょう」

「荷物が重い。坂道がきつい。助けてほしい。それは分かる。でも、私は出掛けるところなの。お姉ちゃん、ごめんね」

小首を傾《かし》げて妹は笑った。そしてひらりと身をひるがえし地面を蹴《け》った。

「みつるっ」

坂道を駆け下りだした妹を、さとるは慌てて呼び止めた。

「何よう」

「門限、忘れないようにね」

「うるさいなあ。ガキじゃあるまいし」

そう言って妹は背を向けた。諦《あきら》めたように首を振ってさとるが歩きだした時、今度は妹がさとるを呼び止めた。

「あ、お姉ちゃん！」

無言でさとるは振り返る。

「さっき男の人から電話があったよ」

坂を少し下ったところで、妹はにやにや笑っていた。

「イトウテツオって人」

さとるは軽く頷《うなず》いて、妹から目をそらして歩きだす。背中に「新しいカレシー？」と妹のからかう声が聞こえた。


さとるが家事手伝いという身分になってから、もう四年がたとうとしている。大学在学中に体調を崩し、中退してそのまま家にいるのだ。

そのことに関し、家族の大黒柱である母親は、三人とも働きに出るより、今は誰か一人家のことに専念した方がいいという結論を出した。しかし母親は、いい仕事があったらさとるも働きなさいね、と釘《くぎ》を刺すことも忘れなかった。

体の具合は、もうそれほど悪くない。けれどさとるは、職を見つけようという気にはなれないでいた。淡々と家事をこなし、母親と妹が仕事に出掛けている間の留守を守る生活を、さとるは心静かに送っていた。

その日もさとるは、息を切らして坂道を登り家に帰りついた。日々の暮らしでつらいことは、買い物が難儀なことぐらいだ。配達を頼める物は頼んでいるが、やはり日用品は坂の下のスーパーマーケットまで買いに行かなければならない。

家に戻ると、さとるはまず鉄男《てつお》に電話をしてみた。しかし彼は出掛けてしまったらしく、留守番電話が応答した。さとるはメッセージを残さず電話を切った。

それからさとるは、夕飯の準備に取りかかった。この前作ったおでんの評判がよかったので、今日もまた作ってみようと思った。テレビもラジオも点《つ》いていない部屋の中で、さとるは一人静かにおでんを煮た。

今日は土曜日なので、母の帰宅は夜の九時過ぎになる。さとるは先に夕飯を済ませ、一階のリビングで本を広げた。

お金を稼いでいないさとるは、なるべく本は図書館で借りるようにしている。図書館も坂の下にあるので、買い物と図書館通いはほぼさとるの日課になっていた。

少し肌寒かったので、さとるは膝掛《ひざか》け代わりに使っている古い毛布にくるまり、ソファに深く身を沈めた。しばらく集中して本を読んでいたが、二時間ほどでふっと糸が切れた。手の甲で目をこする。

毛布を掛けた膝に頬を埋《うず》め、さとるは耳を澄ました。虫の音、かすかな風の音、遠くを走る自動車のエンジン、どこからか小さく聞こえてくるテレビの音。

さとるは顔を上げ、壁に掛けられた二つの時計を見た。古めかしい振り子時計の横に、お役所にありそうなただ四角いだけのそっけない時計が掛かっている。振り子時計の針は止まっている。動いている方の、真っ黒で長い時計の針は九時五分を指していた。そろそろ母親が帰って来る時間だ。

鍋《なべ》を温め直そうかと立ち上がった時、道路から玄関に向かうコンクリートの階段を上がって来る靴音が聞こえた。

ただいま、という声と共に玄関が開かれる。ほどなく母親がドアから顔を覗《のぞ》かせた。

「お帰りなさい」

母は口を結んだまま頷いた。

さとるの家のリビングは、キッチンとダイニングが続いた広いワンルームになっている。対面式のキッチンの前に、椅子が四脚置かれた食卓があり、その向こうにリビングが続いている。

母は何かを点検するかのように、部屋の中を見渡した後、昔から着ているトレンチコートを脱いで食卓の椅子の背に掛けた。その隣の椅子にどさりと腰を下ろす。眼鏡を外し、眉間《みけん》を指で揉《も》んだ。

「疲れた？」

母は肯定も否定もしなかった。ただ不機嫌そうに眼鏡を掛け直す。

「御飯食べる？」

さとるの問い掛けに、母は顔を上げた。

「おでんなの？」

「うん」

母はだるそうに立ち上がり、レンジの上の鍋を覗き込んだ。

「タコは？」

「あ、忘れた」

「まあ、いいけどね」

着替えて来る、と言い残し、母はコートを持って廊下へと出て行った。階段を上がるスリッパの音がする。さとるはテーブルの上に食事の用意をした。カーディガン姿で戻って来た母は、黙ってテーブルにつき箸《はし》を持った。さとるは母親の正面の椅子に座った。

「今日は何かあった？」

味噌汁《みそしる》の椀《わん》から顔を上げて、母がそう聞いた。

「別に、何にも」

「みつるは？」

「夕方に出掛けた」

母はそこで、壁に掛けた二つの時計を見上げる。

「帰って来るの、あの子は」

「うん。十時には帰るって言ってた」

二人は口を閉じる。さとるはぼんやりと母が食事をする姿を眺めた。

今年五十歳になった母の外見は、実際の年齢よりやや若く見える。頬骨が高く、神経質そうな顔をしているが、顔の造作は美人の部類に入るだろう。ただ、いつもぎゅっと結んだ唇や、きっちりと頭の後ろで作ったシニョンが母を恐い人に見せているとさとるは思う。まあ実際、母は恐い人ではあるのだが。

子育ての間の何年間かは休職したが、母はずっと小学校の教師をしている。彼女は子供達から慕われるタイプの教師ではない。生徒達は五年生ぐらいになると皆、母のことを「あのババア」と呼ぶらしい。

算数で使う巨大な三角定規で、母は生徒を平気で殴りつける。何度もPTAに抗議されているらしいが、幸いまだクビになるほどの暴力はふるっていないようだ。それに母は、ある種の人気があるのだ。優しさと軟弱さが同居する学校教育の中で、母は貴重な厳しい先生であるに違いない。

さとるには、それがよく分かった。人は案外叱られることに弱い。優しさは常に曖昧《あいまい》さを伴い、曖昧さは不安をはらんでいる。母はそんな人々の中にすっくと立つ指標なのだ。どちらに向いたらいいか分からずおろおろと生きている子供達に、きっぱりと方向を指し示し、その方向と逆に向かおうとする子を、母は容赦なく叩《たた》きのめす。

母は黙々と食事をしている。口数の少ない時は、機嫌が悪くない証拠だ。文句があれば母はすぐに口に出す。あるいは行動に出る。

食事をする母の目が、やがてちらちらと何度も時計を見上げはじめた。カチリと小さな音がして動いている方の時計が九時半を指した。

「明日《あした》の予定は？」

母の気を時計からそらそうと、さとるは明るく問い掛けた。

「学校と予備校は休みだけど、両方の試験問題を作らないと」

無表情に母はそう言った。

「手伝おうか」

「そうね。頼もうかな」

母は公立小学校で教鞭《きょうべん》を執りながら、隠れて大学受験予備校の講師のアルバイトをしている。母の専攻は数学で、週に三回一コマずつと、土曜日に二コマ授業を持っている。日曜日も補習で塾に出掛けることも少なくない。つまり公務員の安定と大手予備校のギャラを手にしているのだ。

さとるは時々母が持ち帰った仕事を手伝うが、さすがに数Ⅲには歯が立たない。さとるは主に小学校の方のテスト問題を作ったり採点をしたりしている。

母が食事を終え、かちりとテーブルに箸を置いたその時、リビングの隅に置いてある電話がルンと音をたてた。

さとるが腰を浮かせた時には、母はもう受話器に手を掛けていた。寝たふりをしていたライオンが、油断した子鹿を襲うような素早さだった。

「はい、毬谷《まりや》です」

はっきりと母はそう発音した。さとるはなす術《すべ》もなく、浮かせかけた腰を椅子の上に戻す。

「は？　イトウテツオさん？　さとるですか？　ええ、おります。お待ち下さい」

ぶっきらぼうにそう言うと、母は受話器をごとりと電話台の上に置いた。

「イトウテツオって人。知ってる？」

母親の問いにさとるは頷《うなず》いた。立ち上がって母の前を通り過ぎ、受話器を取り上げる。

「はい。お電話代わりました」

「今のお母さん？　こええなあ」

電話の向こうから、鉄男の怯《おび》えたような声がした。

「俺、なんかまずい時に電話しちゃった？」

「ううん、違う。平気」

「昼間、電話したんだ」

「うん。妹から聞いた」

鉄男は明るい笑い声をたてる。

「少し話したんだけど、妹さんって面白いね」

「そう？」

さとるは背中に母の視線を感じている。受話器からは鉄男の呑気《のんき》な声が聞こえてきた。

「明日、暇かな。会えない？」

「う、うん」

「無理だったら、またにするけど？」

慌ててさとるは答える。

「平気。何にもない。会いたかったし」

「本当？　嬉《うれ》しいなあ。どうしようか、映画でも見る？　車出すから、行きたいとこがあったら言ってよ。そういえば久保田《くぼた》がね、ほら、この前話したサークルの友達だけど、あいつが多摩《たま》にあるドライブ・イン・シアターに」

「鉄男、悪いけど」

さとるは彼の話を遮った。

「人から電話がかかってくるかもしれなくて。うちの電話、キャッチホン入ってないから」

「あ、そうなんだ。じゃあ悪いから切るよ。明日は三時頃迎えに行けばいい？」

咄嗟《とっさ》の嘘にも、彼は屈託なく笑った。

「うん、ありがとう。ごめんね」

そっと指でフックを押し、さとるは電話を切った。そして後ろを振り返る。母は夕刊を広げて読んでいた。

「明日の午後、出掛けていい？」

さとるは小声で母に聞いた。母は黙ってばさばさと新聞を畳む。

「仕事、手伝ってから行くから」

「いいわよ、別に。毎日家にいて退屈でしょう。たまには出掛けなさいよ」

さとるはぎくしゃくと頷いてから、食卓の上を片づけた。

「新しい彼氏？」

流し台の前に立ったさとるに、突然声色《こわいろ》をソフトにした母の声が聞こえてきた。さとるは洗剤を持つ手をぴくりと止める。怒鳴られるのも恐いが、こうして優しい声を出す母はもっと恐ろしかった。

「どこで知り合ったの？」

「……スーパーみやこし」

「みやこし？　店員？」

「アルバイト。まだ大学生なの」

食器を洗いながらさとるは答えた。刑事に取り調べを受ける時は、こんな感じがするのだろうか。

「じゃあ、杏大の人？」

「うん。四年生」

杏花《きょうか》大学は、坂の下の駅から、さとるの家とは逆方向に十五分ほど行った所にある大学だ。このあたりではわりと優秀な方に入る。

母はそこで質問をやめた。とりあえず今のところは気が済んだらしい。

「お母さん、お風呂《ふろ》でも入ったら？」

洗い物を済ませたさとるは、タオルで手を拭《ふ》きながら言った。母はそこでまた時計を見上げる。

「みつるは帰って来るかしら」

「帰って来るって。疲れてるんでしょう？　お風呂に入って早めに寝たら？　あとは私がやっておくから」

母はせき立てられて、しぶしぶ立ち上がる。母の痩《や》せた背中が廊下に消えるのを見送ってから、さとるは食卓の椅子に座った。

時計を見上げる。あと十分で十時になるところだ。テーブルに顔を伏せ、さとるは目をつむった。耳を澄ます。母が風呂場の戸を開ける音が聞こえる。そして水音。耳に意識を集中させると、遠くから車のエンジン音が聞こえてきた。

車の音は徐々に近づいてきて、大きくなった。そして家の前の階段の下でブレーキを踏む音がする。ドアが開く。誰かが助手席から降りる。短い沈黙。おやすみのキスでもしているのかもしれない。そして階段を駆け上がる妹のスニーカーの音。

「セーフ」

そう言って妹が玄関を開けた時、時計の針は十時五分前を指していた。廊下をばたばた走り、リビングのドアを開けた。

「セーフ」

さとるの顔を見て、みつるはもう一度そう言った。

「お母さんは？」

「お風呂」

「何だ、もう少し平気だったか」

ジャケットと帽子を脱ぎ捨て、彼女はさとるの前に座った。頬が上気しているのは、階段を駆け上がって来たせいだけではなさそうだった。

「誰かに送ってもらったの？」

「うん、マサちゃん」

「誰、マサちゃんって」

「マサちゃんはマサちゃんさ」

歌うように言って妹は笑う。だいぶ酒が入っているようだ。テーブルに両肘《ひじ》をついて、みつるは甘えるように姉を見上げた。

「おなか空《す》いたよう、お姉ちゃん」

「食べてきたんじゃなかったの？」

「ちょっとつまんだだけでさあ」

さとるは立ち上がると、黙ってレンジの火を点《つ》けた。

「今日のおかずは何？」

「おでん」

「また、おでんか」

　ふうと息を吐き、妹は椅子の背に寄り掛かった。彼女が黙ると、部屋の中はまたしんと静まった。廊下の奥から母が湯を使う音がする。

　妹はそのまま黙り込み、肩まで伸ばした髪をつまんで枝毛を捜している。さとるは妹の伏せた睫毛《まつげ》を眺めた。

　三歳年下のみつるは、高校を卒業してすぐ就職した。私鉄に乗って二十分ほどの所にある小さな会社で事務を執っている。会社には同年代の人はいないらしいが、どこで見つけてくるのか友人は多いようだ。

　こうやって黙ってうつむいていると、妹は母にとても顔が似ていた。頬骨の角度も薄い唇も、尖《とが》った顎《あご》の線も母譲りだ。つまり、母ももっと笑顔を見せれば人懐っこく明るく見えるということだ。

「おでんといえばさ」

　妹は伏せていた瞼《まぶた》を開けた。しかし目は母と違う。隈《くま》取りをしたようなくっきりしたアイラインを持つ妹の大きな瞳《ひとみ》は、葡萄《ぶどう》のようにいつも潤んで水分を蓄えている。

「インターのそばに２９１ってホテルができたじゃない。この前セイジ君と行ったんだけど、あそこって食べ物が充実してんのよね。ラブホテルで飯食うなって気もするけど、あそこって中が普通のシティホテルみたいで居心地いいんだよ。ソファなんかマレンコだし。で、試しにおでん注文してみたらさあ。よく煮込んであっておいしいのよ、これが。お姉ちゃんも行ってみな」

ラブホテルだのセイジ君だのマレンコだのと妹が言うのを、さとるは適当に聞き流していた。鍋《なべ》が温まったようなので、さとるは妹に背を向け、それを皿に盛る。

「行ってみなよ、イトウテツオとさ」

さとるは持っていた菜箸《さいばし》をぽろりと落とす。慌てて拾って流しで濯《すす》ぎ、おでんをよそって妹の前に置いた。

「イトウテツオ、どこで拾ったの？」

妹は興味津々という顔で、姉を覗《のぞ》き込む。さとるは答えず、椅子に腰を下ろした。

「なーんてね。ほんとは知ってるんだ。スーパーみやこしで拾ったんでしょ」

「拾ったって何よ、財布じゃないんだから」

「昼間、私が電話に出たじゃない。イトウって言うから、どちらのイトウさんですかって聞いたのよ。そしたらスーパーみやこしのイトウですって大真面目に言うのよ、テッちゃんたら」

一言でも話したことのある男性は、彼女にかかると皆ちゃん付けで呼ばれてしまうのだ。さとるは小さく溜《た》め息をついた。

「スーパーみやこしのイトウさんが、姉に何の御用でしょうって聞いたら、今度はしどろもどろになって、いや実は最近さとるさんと交際させていただいてましてなんて言うんだもん。可愛い男の子だね」

さとるは耳たぶを指で掻《か》く。妹は姉の不機嫌そうな様子にお構いなく、大根を口に入れて楽しそうに言った。

「会ってみたいな。ね？　会わせてね？」

「駄目」

「なんでー」

「なんでも」

しかしみつるは平気な顔で肩をすくめる。

「ま、いいか。どうせそのうち嫌でも会えるもんね」

彼女の言いぐさにさとるが口を開きかけた時、キッチンの入口にゆらりと人影が揺れた。さとるとみつるは、ぎょっとしてそちらを振り向く。白いバスローブを着た母が、黙ってこちらを見ていた。

「みつる、お帰り」

妹は母の方を見ないようにしておでんを頬張り、「ただいま」と呟《つぶや》いた。

「もう少し早く帰って来なさいよ」

「はいはい、はい」

右手の箸でちくわをつまみ、みつるは左手を母にひらひらと振ってみせた。

姉のさとるに比べて、妹のみつるは母親に反抗的だ。けれど、実は母を恐れていることをさとるは知っている。何故なら、彼女はぎりぎりにはなっても、大っぴらに門限を破ったりはしない。母の決めた禁止事項を、妹はほとんど破ってはいないのだ。

「じゃあ、私は寝るからね」

母の言葉にさとるは頷《うなず》いた。妹は下を向いて「寝ろ寝ろ」と小声で言った。


翌日の日曜日、さとるは洗濯と夕飯の仕込みとテストの採点を早めに済ませ、出掛ける支度をした。約束の三時より前に家を出て、坂道を少し下った所で鉄男を待っていようと思ったのだ。

ところが、車の音がして玄関のチャイムが鳴らされたのは、二時半を少し回った時だった。ちょうど口紅を塗り終えたところだったさとるは、慌てて階段を駆け下りた。

しかしさとるより素早く玄関の扉を開けたのは、妹のみつるだった。

「あー、あなたがテッちゃん」

ドアが開いたとたん、いきなりそう言われて、鉄男は困ったような笑顔を浮かべている。

「はい。妹さんですか？」

「そうそう。みつるっていうの。よろしくね」

彼女はそこで、さとるの方を振り返る。

「お姉ちゃんったら、まだそんな格好してるの？　早く着替えて来なよ」

さとるは下駄箱からローファーを出しながら言った。

「着替えたじゃない」

「ええ？　そんな普段着でデートに行くの？　もう少し可愛いの着なよ。貸してあげるからさあ。ね、テッちゃんもそう思うでしょ？」

「いや、僕はその、洋服なんて何でも」

鉄男は戸惑ったように襟元を掻いた。いつものジーンズをチノパンツに穿《は》き替えただけのさとるが苦笑いで靴を履いた時、

「あなたが昨日の電話の方？」

背中に母の声がした。三人はどきりと動作を止める。母がかすかに笑みを浮かべて廊下に立っていた。

「こ、こんにちは。伊東《いとう》と申します」

大袈裟《おおげさ》に鉄男が頭を下げる。さとるは仕方なく母に鉄男を紹介した。

「こちらが、昨日言ってた伊東さん」

「そう。さとるがいつもお世話になっています」

母は腕を組み、慇懃《いんぎん》にそう言った。

「いや、あの、お世話なんて。僕はその」

「行きましょう」

さとるは鉄男の袖《そで》を引いた。妹は黙ってにやにや笑っている。

「お茶でも飲んでいったら？」

「え？　あの、でも」

「いいから行こう、鉄男。お母さん、冷蔵庫の中にサラダが作ってあるから。みつるは、悪いけどお風呂《ふろ》と御飯よろしくね」

おたおたしている彼をせき立て、さとるは玄関を出る。階段を下りたところに彼の車が停めてあった。学校の先輩から格安で買ったという、やや古い型の国産車だ。二人はそれに乗り込んだ。

「いやー、緊張したあ」

鉄男はハンドルにつっ伏した。

「緊張なんかすることないのに」

「女の子の親に会って、緊張しない男はいないよ」

「そうなの？」

「そうだよ。でも昨日電話で声を聞いた時より、ずっと優しそうな感じだね」

さとるは曖昧《あいまい》に微笑む。

「妹さんも可愛らしいし」

「妹の方にすればよかった？」

「そうだなあ。二股《ふたまた》かけちゃおうかなあ」

ふざけたように言って、鉄男はエンジンをかけた。

「さて、どこに行こうか。夜まで時間つぶして、昨日言ってたドライブ・イン・シアターにでも行く？」

車は坂を下って行く。さとるは窓に視線をやりながら答えた。

「どこでもいいけど、十時までには帰らないと」

「何かあるの？」

「うん、まあ……」

「そっか。じゃあ、今日は海の方まで行ってみようか。高速使えば一時間ぐらいで行けるからさ」

鉄男はそう言って、カーステレオのスイッチを入れた。さとるの知らない洋楽が車の中に溢《あふ》れだす。それにあわせて鼻唄《はなうた》を歌っている彼の横顔を、さとるはちらちらと眺めた。

大学四年生の彼は、夏に二十二になったと言っていた。さとるより二歳年下だ。しかしその無邪気で明るい横顔は、もう少し年下のように感じられた。

さとるがスーパーみやこしで鉄男を〝拾った〟のは、二カ月ほど前だ。

みやこしは、商店街の入口にある三階建ての大きなスーパーマーケットだ。大抵の食料品や日用品は買えるので、さとるは日常の買い物をほとんどそこで済ます。

スーパーみやこしでは、酒類の売り場だけ独立している。そこのアルバイト店員として鉄男が姿を見せはじめたのは、梅雨が明ける前だった。さとるがたまにビールを買いに行くと、大抵鉄男がレジにいた。

いつでもはきはきと「いらっしゃいませ」「ありがとうございました」と口にした。社員らしい店員に指示されて、荷物を運んでいるのを見たこともあったし、買い物に来た主婦と世間話をしているのを見たこともあった。

大きな体にビール会社のロゴが入ったエプロンをして、いつもきびきびと働いていた。誰かが話しかければ必ず笑顔になり、お釣りを渡すしぐさは丁寧だった。何度かそこで買い物をすると、彼はさとるの顔を覚え、「毎度どうも」と親しげに笑いかけてきた。何か買う度にグラスやコースターをおまけにつけてくれた。

さとるは鉄男に好感を持った。けれど、その時はただそれだけだった。例えば、みやこしの食料品売り場には十台のレジスターがある。さとるがいつも買い物に行く時間、二番のレジにいるパートのおばさんは感じがいい人だ。だからさとるは、なるべくいつも二番のレジで精算するようにしている。鉄男に対しての好意もそんな感じのものだった。

知らない人間に向ける淡い好意が、恋という形に変わったのは夏の盛りだった。うだるような暑さが続いていた八月のある日、さとるはいつものようにみやこしに買い物に訪れた。朝から体調がよくないなとは思っていたが、炎天下を歩いて気分が悪くなってしまったのだ。さとるは、みやこしに入ると崩れるようにベンチに腰掛けた。店の中は冷房が効いていたので、少し休めばよくなるだろうと思っていたが、なかなか具合はよくならなかった。

　ベンチでぐったり目をつむったさとるの前に、彼がやって来た。心配そうな顔がさとるを見下ろしていた。

「具合でも悪い？」

　その時と同じ台詞《せりふ》を、車を運転している鉄男が言った。さとるははっと目を開ける。

「別に。どうして？」

「いや、急に黙っちゃったからさ」

　さとるは小さく笑った。

「夏にもそうやって聞いてくれたよね」

「ああ、あの時ね」

　前を向いたまま、鉄男も笑う。

「さとるさんって、来る時間がいつも決まってたじゃない。だから、そろそろ来る頃だなって、あの日も待ってたんだよ」

「え？」

　そんなことを聞いたのは初めてだ。

「さとるさんが店に入って来たの、あの日も見てたんだ。そしたらさ、真夏なのに真っ白な顔してふらふら歩いて来て、ベンチにへたり込んじゃうじゃない。すぐ声掛けようかと思ったんだけど、店にお客さんはいたし、やらしい男とか思われるのも嫌だったからさ」

「本当に？　そんなこと知らなかった」

「うん。きれいな人だなあって、いつも思ってたんだ。実は狙ってたってわけだ」

「そうだったの」

照れくさそうに、鉄男は肩をすくめた。

あの夏の日、さとるはスーパーの奥にある事務室でしばらく休ませてもらったが、とても家までの急坂を登って帰れるほどの元気は出なかった。タクシーを呼びましょうかとスーパーの人が言ってくれたが、平気ですと首を振ると、鉄男が「僕が車で送りますよ」と言ったのだ。

そのことがきっかけになって、二人は親しく口をきくようになった。どちらが先にお茶に誘ったかは、もう覚えていない。

最初さとるは彼のことを「普通の今時の大学生」だと思っていた。確かに彼は普通の今時の大学生ではあるのだが、話をしてみると外見からは分からなかった部分が見えてきた。

彼はとても健全だった。ストレートで人懐っこく、そして繊細だった。あまりにも自然で屈託がないので、さとるはしばらく気がつかなかったが、彼は非の打ちどころがないほどの好青年だった。

さとるを誘う時の電話は、夜の十時より遅いことはなかった。待ち合わせの時間より早く来ることはあっても遅く来ることはなかった。会えば必ず体調と、さとるが帰りたい時間をさりげなく聞きだした。

　大学を卒業するための単位のほとんどは、三年間で修得してしまったそうだ。就職も内定していて、学生生活最後の一年は卒論のためのゼミだけで、あとはのんびり過ごすつもりだと言っていた。

　さとるには、鉄男が眩《まぶ》しかった。

　田舎で小さな製麺《せいめん》工場を経営している両親や、五歳年上の兄のこと、子供の頃に遊んだ山や川の話、中学高校と続けていた柔道の話、上京して驚いたこと、楽しかったこと、サークルの話、ゼミの話。

　それは特殊な話ではない。どこにでもある普通の話だった。けれど、それが鉄男の口から語られると、とても素晴らしい人生を彼は歩いてきたように聞こえた。

　さとるは、鉄男を好きになった。

　二歳年下の彼を、兄のように、弟のように、父親のように息子のように感じた。

　二回目のデートで手をつないだ。四回目のデートでキスを交わした。

　鉄男はどちらかというと童顔で、少し長めの髪は猫毛でさらさらしている。だから彼は一見優男《やさおとこ》に見える。けれど手をつないでみると、彼の掌《てのひら》は大きくて厚く、キスの後でそっと頬を乗せた肩には硬い筋肉がついていた。

　見つけた、とさとるは思った。やっと捜し当てた。この人とならば、何もかもがうまくいくように思えた。

「混んでるなあ」

インターチェンジから高速に乗って少し走ると、急に渋滞がはじまった。いつもは混んだりしない道なので、二人は首を傾《かし》げる。

「事故でもあったのかしらね」

「そうかもしれない」

車は少し進んでは止まり、止まってはまたのろのろと動いた。さとるはそっと息を吐いた。順調に走っている時はわりと平気なのだが、何度も細かくブレーキを踏まれると、とたんに車酔いをしてしまうのだ。

「あのホテル」

さとるは目の前に見えてきたホテルの看板を指さした。昨日、妹のみつるが言っていたラブホテルだ。鉄男がちらりとさとるの方を見る。

「この前できたばっかりらしいよ。サークルの連中が言ってた」

笑顔になって鉄男がそう言う。

「あ、そうなの？　みつるも昨日言ってたから」

「妹さんは、ああいう所に行くんだ」

「ボーイフレンドが沢山いるみたいだし。この前まで子供だと思ってたけど、考えてみればもうすぐ二十一で、社会人三年目なのよね」

鉄男は返事のしようがないらしく、曖昧《あいまい》に頷《うなず》いた。そしてふと、さとるの顔を覗《のぞ》き込む。

「さとるさん、顔色がまた真っ白だぞ」

「え？　そう？」

「気持ち悪いんじゃない？」

さとるは力なく微笑む。

「そういえば、渋滞に弱いって言ってたよな。次のインターで下りよう」

「でも……」

「吐きそう？　もう少し我慢できる？」

優しくそう聞かれると、さとるはまるで小さな子供に戻ったような気がした。

さとるはそっと手を伸ばす。そして、ハンドルを握る彼の左手に触れてみた。鉄男がさとるの顔を見る。

「さとるさん？」

「車、停められない？　もどしそうかも……」

「うそ。待って待って、今停めるから」

鉄男は慌てて高速の路肩に、無理矢理車を寄せた。

さとるはしばらく眠ったようだった。

ぼんやりと意識が戻ってきて、自分が毛布にくるまっていることに気がついた。あたたかい。気持ちがいい。もう少しこのままでいよう。起きるのはもう少し後にしよう。そう思いながら枕を抱きしめた。すると枕だと思っていたものが、さとるを抱き返してくる。大きな掌が髪と背中を撫でた。さとるは、そこで唐突に起き上がった。

「どうしたの？」

眠そうな声で、鉄男が尋ねた。さとるは自分が裸なのも忘れて暗い枕元を探った。

「今何時？　時計は？　腕時計、外してどこに置いたっけ」

とけい、と鉄男は呟《つぶや》く。

「何時かな。ねえ、どうしよう。今何時？」

ごそごそと毛布から這《は》い出して、鉄男は枕元のスタンドのスイッチを入れた。真っ暗だった部屋が、ほんのりと橙《だいだい》色に染まる。さとるの白い胸も明かりの下に現れた。

「八時半になるとこだな」

鉄男はナイトスタンドの下にある、デジタル時計の文字を覗き込んで言った。

「帰らなきゃ」

ベッドから下りようとしたさとるの腕を、鉄男がそっと摑《つか》んだ。

「まだ平気だよ」

「でも」

「十時までに帰れればいいんだろ。もう少し大丈夫だよ」

そう言いながら、鉄男はさとるを抱き寄せる。毛布の中に再び引きずり込まれて、さとるは小さく息を吐いた。

「ちゃんと送ってくから」

耳元で鉄男が囁《ささや》いた。さとるは目をつむり、彼の腕のくぼみに鼻先を埋めた。身支度するのに二十分、ここから家まで三十分かかるとして、九時にベッドから起き上がれば十時までには家に帰ることができる。

鉄男なら、嘘をついたりはしないだろう。ちゃんと送って行くと彼が言うのであれば、きっと本当に送って行ってくれるだろう。

安心感がやっと胸に沁《し》みてきた。さとるは頬を鉄男の裸の胸に擦り寄せた。すると彼は深くさとるを抱き直す。さとるはうっとりと目を細めた。人間の肌というのは、どうしてこんなに気持ちがいいのだろう。

つむっていた目を開けて、さとるは鉄男の顎《あご》を見上げた。伸びてきた髭《ひげ》が、顎と頬にちらほらと見える。さとるは彼の頬をそっと手の甲で撫《な》でてみる。

「なに笑ってるの？」

さとるが笑っているのに気がついて、鉄男は聞いた。

「大きい顎」

「そっかなあ」

「口も鼻も耳も大きいんだね」

「普通だよ。さとるさんがオモチャみたいなんだ。この耳、本当に聞こえてるの？」

鉄男はそう言って、短い髪から出たさとるの耳を引っ張った。

「失礼ねえ。聞こえてるよ」

「首なんか、ちょっとひねったら折れちゃいそうだな。もう少し太った方がいいよ。このあたりなんか」

さとるの裸の胸を気軽にぽんぽん叩《たた》いて鉄男が言った。さとるはその手を振り解《ほど》く。

「やだ。胸なんか欲しくない」

「なんでさ。俺は欲しい」

クスクス笑いながら、二人は鼻先を寄せ合った。腕も足もからませて、お互いの体をしっかり抱き込む。そこで鉄男のおなかがぐるると小さく音をたてた。

「夕飯、食べ損なっちゃったな」

「ごめんね」

「さとるさんが謝ることないよ」

「そういえば、ここのホテルって、食べる物がおいしいんだってみつるが言ってた。おでんとかあるんだって」

「へええ。じゃあ、今度来た時に食べようよ」

他愛ないやりとりがしばらく続いたが、三十分ほどたったところで、さとるはさっと体を起こした。

「帰らなきゃ」

床に落ちていた下着を拾って、さとるはさっさと身に着ける。その後ろで鉄男が頭をぼりぼりと掻《か》いていた。

「ねえ、さとるさん」

シャツのボタンをはめるさとるに、鉄男は言った。

「なあに？　鉄男も早くパンツ穿《は》いて」

「泊まっていかない？」

彼の台詞《せりふ》に、さとるは振り向いた。

「今更こんなこと言うのもなんだけど、まさか俺、今日さとるさんとこんなふうになれるなんて思ってなかったんだ」

さとるは黙って、はにかんだ鉄男の顔を見つめた。

「さとるさん、年上だし、見るからに堅そうな感じだからさ。こういうことに持ち込むのは時間がかかると思ってたんだ。もっと親しくなって、旅行にでも誘ってなんて、計画してたんだよ。それがなんかすっごいラッキーで」

「よかったわね」

片頰でさとるは笑った。

「うまく言えないんだけど、ものすごく嬉《うれ》しいんだよ、俺」

「私もよ」

「さとるさんが考えてるよりずっと、俺は本当に嬉しいんだよ」

そう強調されても答えようがなく、さとるはただ頷いた。

「今晩だけでいいから、いっしょにいようよ。まだ帰したくない。おでんでも食べようよ」

ストレートな鉄男の言葉に、さとるは静かに唇を嚙《か》んだ。頷いてあげられたら、どんなにいいだろう。

「ごめんね、鉄男」

さとるの柔らかくはあってもきっぱりした言い方に、鉄男は落胆の表情を見せた。首を振ってトランクスを拾い上げる。

「いいよ。さとるさん、気にしないで。今日は最初から十時には帰りたいって言ってたもんな」

彼は気持ちの切り替えが早い。トランクスを穿いて立ち上がり、真っ白いアンダーシャツを頭から被《かぶ》って首を出すと、その顔にはいつもの屈託のない笑顔があった。

「何か用事でもあるの？」

鏡の前に座ったさとるに、彼が聞いてきた。

「門限なの」

ポーチから櫛《くし》を取り出して、さとるが言った。

「門限？　さとるさんち門限があるの？」

向かった鏡の中に、鉄男の驚いた顔があった。

「そう。十時がうちの門限なの。これでも少し延びたんだよ。高校生の時なんか、門限六時だったんだから」

ぽかんと口を開けた彼を鏡の中に見ながら、さとるは乱れた髪を櫛で梳《と》かした。そしてベージュの口紅をきゅっと引く。

さとるは鉄男を振り返った。彼は困ったような笑顔を浮かべていた。

「さとるさん、何歳だっけ？」

「二十四」

「どうして守ってるの？」

さとるは答えず、ポーチのファスナーを閉めた。そして立ち上がる。

「うちは誰も、門限を破らないの」

「妹さんも？」

さとるは目だけで頷《うなず》いた。鉄男は髪に寝癖をつけたまま、言葉を失ってそこに立っていた。

帰り道、鉄男は何も言わなかった。

一言も口をきかなかったという意味ではない。車に乗ればいつも音楽を聞いていた彼が、帰り道にそのスイッチを入れなかった。

その代わり、彼は多くの言葉を口にした。さとるの体の具合を聞き、明日の天気の話をした。テレビで見た話や友人達の話をし、自分の明日の予定を話した。運転も、いつもよりもっと慎重だった。

けれど鉄男の内面は、黙り込んでいた。表面上優しければ優しいほど、さとるは彼の不機嫌さを感じ取った。

車が丘を上がり、さとるの家の階段の下に停まったのは、九時四十五分だった。

そっとキスを交わす。鉄男は微笑む。さとるはドアを開けて外に出た。

玄関へのコンクリートの階段を上がる。クラクションが短く鳴って、方向転換した車が坂を下りて行く。テールランプが小さくなるのをさとるは見送った。

そして、自分の家を振り返った。

星空に黒々とそびえる二階建ての家。リビングの窓にカーテンが引かれ、蛍光灯の光がぼんやりと漏れている。

さとるは鍵《かぎ》の掛かっていない玄関のノブを回した。ただいまと呟《つぶや》いて靴を脱ぐ。

廊下を歩き、リビングの扉を開けた。二つ置いたソファにそれぞれ母と妹が座っていた。同時にさとるに向けられた瞳《ひとみ》は、二秒後には同時にさとるからそらされた。母の視線は新聞の上に、妹の視線は膝《ひざ》に置いたファッション雑誌の上に。

「おかえり」

ぼそりと母が言った。さとるはリビングの入口に立ったまま、しばらく母と妹を見つめていた。

「合格？」

さとるはそう尋ねた。二人はさとるの問いに顔も上げなかった。

2

家族っていったい何でしょうね、先生。

たまたま血が繋《つな》がっているだけで、どうしていっしょに暮らしているんでしょう。

え？　別々に暮らしてもいいって？　そうでしょうか。わたしは、別々に暮らしたらもう家族とは呼べないような気がするんですけど。

いつからそんなに、家の中がおかしくなったかって？　そうですね、やっぱり家を建てた時からだと思います。

その前は、社宅に住んでたんですよ。マンションじゃないです。古い五階建ての団地です。その頃はぎくしゃくしながらも、何とかうまくやっていたように思います。

今の家を建てた時、すごく無理をしてローンを組んだんです。頭金なんてほとんどなくて、だからこんなに都心から離れていて、駅から二十分も急坂を上がらないといけないような場所なんですよ。

真冬で冷たい雨が降ってる時なんかは、最悪ですね。バスも通ってないし、タクシーなんか乗るお金はないし、とぼとぼ自分の足で上がるしかないんです。

暗くて冷たい坂道を、ぐったり疲れて登りきると、家の窓から灯《ひ》が漏れているのが見えるんです。

玄関を開けて、ただいまって言った時に、みんながあたたかい笑顔で迎えてくれれば、わたしだって頑張って帰って来てよかったって思いますよ。でも待っているのは、冷たい目だけなんです。

それじゃあ、何故ここに毎日帰って来なくちゃならないんだろうって、誰だって思いますよね。

どうしてなんですかね、先生。

どうして毎日、家に帰らないとならないんでしょう。

そこがわたしの家だから？

そうです。わたしの家です。

それなのに何故、こんなにひどいめにあわされるんでしょう。

わたしの家なのに。わたしの家族なのに。

鉄男は坂道を上がっていた。

丘の頂上にあるさとるの家への坂道を、自分の足で登るのは初めてだった。歩いてみると、坂は思ったよりも急勾配《こうばい》だった。丘の中腹で道は大きく弧を描いている。そこを曲がると坂はややなだらかになる。鉄男は息を吐いて立ち止まった。

額に汗をかいている。家を出る時風が冷たかったので厚めのジャケットを着てきたのだが、すっかり汗をかいてしまった。鉄男はジャケットを脱ぐ。そして手首に巻いたダイバーズウォッチに目を落とした。約束は二時だ。まだ十五分ほど余裕があった。

「あー、まいった」

鉄男はジーンズのポケットからバンダナを取り出し、額の汗を拭《ぬぐ》った。友人に車を貸してしまったことを、鉄男は後悔していた。

いつも車で上がるこの坂道が、これほどきついとは思わなかった。しかし、いくら急坂でも普段ならこんなにも疲れはしなかった。昨日の晩、深夜まで学校の友人達と酒を飲んでいたので、睡眠不足のうえ二日酔いなのだ。昼に目を覚まし、慌ててシャワーだけ浴びて部屋を飛び出して来た。

気を取り直して、鉄男は坂を上がりはじめた。そして、毎日のようにこの坂を上がっている丘の上の住人達を思った。

「根性あるよなあ」

彼はそう独りごちた。


鉄男がさとるの家のチャイムを押したのは、二時きっかりだった。

「いらっしゃい」

いつもよりも明るい笑顔で、さとるが玄関の扉を開ける。そして鉄男の上気した顔を見てから、彼の背中越しに道路の方を見た。

「車は？」

「それがさ、友達に貸しちゃって」

「じゃあ歩いて来たのね」

「まいった。こんなに標高が高いとは思わなかった」

さとるはクスクス笑いながら、鉄男のためにスリッパを揃えて出した。

「お邪魔します」

鉄男が靴を脱ぎながらそう言うと、さとるがびくりと震えて振り返った。

「そんなに大きな声、出さなくても」

「あ、大きかった？」

「誰もいないんだから、黙って入っていいのよ」

変なことで咎《とが》められて、鉄男は少しむっとする。

「さとるさんに言ったんだよ」

「だったら、もう少し小さい声で言って」

そんなことでこれ以上議論しても仕方ない。鉄男は肩をすくめた。

「ぎりぎりまで寝てて焦って来たから、何も買って来なくて」

もそもそと手ぶらで来た言い訳をすると、さとるは曖昧《あいまい》に笑って首を振った。鉄男は襟元をぽりぽりと掻《か》く。どうも今日はリズムがあわないような気がした。

「私の部屋、二階なの。こっち」

誰もいないというので、てっきりリビングに通されると思っていた鉄男は、内心戸惑った。先に階段を上がって行くさとるのジーンズの尻《しり》を見上げながら、堅そうな彼女もやはり一度寝てしまった男には警戒心を解くのかもしれないと思った。

二階への階段を上がりきり、すぐ左手のドアをさとるは開けた。右側には廊下が延びていて、ドアがいくつか見えた。

さとるの家は比較的大きい二階建ての住宅だった。娘が二人なので、結婚したらどちらかと同居するつもりで建てたのかもしれない。

「どうぞ。狭いんだけど」

はにかんだ笑顔をさとるは見せる。鉄男は入口に立って彼女の部屋を見渡した。

だいたい予想していたとおりの部屋だった。六畳ほどのスペースに、ベッドと机、本棚と作りつけのクローゼットがあった。カーテンはブルーのストライプで、ベッドカバーも同じ柄だ。机の上はきちんと片づけられ、本棚にも整然と本が並んでいる。ぬいぐるみやきれいな額縁など、女の子らしいものは見当たらない。彼女らしい部屋だった。

「片づいてるなあ」

「そう？」

「俺の部屋なんか、これに比べたら魔窟《まくつ》だよ。魔窟」

さとるはくすりと笑い、ベッドを指さす。

「ここに座って。何飲む？　お茶？　それとも車じゃないならビールでも飲む？」

鉄男はそろそろとベッドの端に腰を下ろして、さとるの顔を見上げた。

「……じゃあ、缶ビールがあったら一本もらおうかな。喉《のど》渇いたし」

「うん。待ってて」

彼女のスリッパの音が階段を下りて行くのを聞いてから、鉄男は思わず背負ってきたデイパックを引き寄せてファスナーを開けた。そして財布の一番奥にいつもひとつだけ潜ませてあるコンドームを取り出し、ジーンズのポケットに素早く入れた。ベッドの端に座り直し、両手でパチパチと自分の頬を叩《たた》く。

さとるは、その気なのだろうか。鉄男は眉間《みけん》に皺《しわ》を寄せて悩んだ。

先週さとると初めて寝た。だから家に来ないかと誘われて、まったくその気がなく来たわけではない。けれど、外はまだお天道様が輝いている。襲いたい気持ちはもちろんあるが、家族といっしょに住んでいる女の子の、その家の中で何かするのは、いくら誰もいないとはいえ落ちつかない。出がけにシャワーは浴びてきたが、坂道でまた汗をかいてしまったし。

しかしもし、さとるが自分を誘っているのだとしたら、襲ってあげないことには失礼かもしれないと、鉄男はあれこれ悩んだ。

「お待たせ」

そこでドアが開いて、さとるが顔を覗《のぞ》かせた。小さなお盆にロング缶のビールとオレンジジュース、グラスが二つとクラッカーの箱が載っていた。

「ぼんやりして、どうしたの？」

「あ、いやいや」

あらぬ想像を巡らせていた鉄男は、顔を赤くしながら手を横に振った。

さとるは後ろ手にドアを閉める。彼女の後ろでカチリと小さな音がした。鍵《かぎ》を掛けたのだ。

「はい」

さとるは鉄男にビールを手渡した。手首が小枝のように細い。

「さ、さとるさんは飲まないの？」

口ごもりながら、鉄男は聞いた。

「じゃあ、一杯だけもらおうかな」

　二人はお互いのグラスにビールを注いだ。喉が渇いていた鉄男は、一気にそれを飲み干し、ぷはっと息を吐いた。すると同じように息を吐いてグラスを空にしたさとるがいた。

「さとるさん、飲めるじゃない」

「ううん」

　彼女の白い顔に、急速に血の気が巡ってきた。赤くなった頬で、さとるは鉄男の横に微妙に寄り添った。

「最初の一杯はおいしいと思うんだけど、すぐ顔に出るし」

「もう一杯飲む？」

　腹の下あたりがむずむずしてくるのを鉄男は感じた。

「やめとく。これ以上飲むと、気持ち悪くなっちゃいそうだから」

「さとるさんって、体弱そうだもんな」

　小さくさとるは微笑んだ。

「そのわりには、あの坂をよく毎日上がってるよなあ」

　額に汗をかきながら、鉄男は空笑いをした。さとるはじっと鉄男の目を見る。そして、ゆっくり膝《ひざ》に手を伸ばしてきた。

　先日と同じように、傍らでぐっすりと眠っていたように見えたさとるが、突然がばっと体を起こした。

「何時？」

そして、この前と同じ質問を口にする。けれど、ここが自分の部屋だとすぐに気がついた彼女は、首をひねって机の上にある目覚まし時計に視線をやった。鉄男は思わず笑ってしまう。

「変な人だな、さとるさんは」

「え？　そう？」

「何でそんなに時間ばっかり気にしてるんだよ。今日は門限気にする必要ないじゃない」

白い背中が、鉄男の方をゆっくり振り向いた。うん、と子供のように頷《うなず》くと、彼女は鉄男の腕の中にもぐり込んできた。

鉄男はさとるを抱きかかえ、すべすべした背中を撫《な》でた。そうすると彼女は目を細め、幸福そうに湿った息を吐いた。その様子に鉄男は微笑む。子供の頃に飼っていた猫がこんな感じだったと鉄男は思った。手触りがよくて、可愛らしくて、ぽきっと折れてしまいそうな首をしている。しかし猫と違い、彼女からは石鹸《せっけん》のいい香りがした。

鉄男はそこでゆっくり瞬《まばた》きをした。

ということは、彼女は鉄男が来る前に、シャワーを浴びておいたのだろうか。

そこまで考えた時に、さとるがふいに体を離した。

「今日は時間あるの？」

「うん。別に何も予定はないけど」

「じゃあお夕飯食べていってよ。大したものじゃないけど」

いや、でも、と鉄男は口の中で呟《つぶや》いた。早く帰らなければならない理由は何もないが、さとると寝た後で、彼女の家族と夕飯を共にできるほどの度胸はない。

「今日は母も妹も遅くなるって言ってたから。早めに食べて、あの人達が帰って来る前に出たら？」

鉄男の気持ちを察したように、さとるは言った。鉄男はそれを聞いて少し考える。どうせ弁当でも買って帰ろうかと思っていたのだ。御馳走《ごちそう》になろうか。

「下ごしらえするから、一時間ぐらい待っててくれる？」

さとるは手早く下着を身に着け、ベッドから下りた。

「うん。それはいいけど……」

「寝てていいよ」

シャツを羽織り、さとるは毛布の上からぽんと鉄男の膝《ひざ》を叩いた。満足げな笑顔を残し、彼女は部屋を出て行った。

ひとり残された鉄男は、首をひとつポキリと鳴らした。

煙草でも吸おうかと鞄《かばん》に手を伸ばしかけたが、やめておいた。そばで煙草を吸っても、彼女は嫌な顔をしたことはない。けれど、彼女の部屋で煙草を吸うのはためらわれた。

カーテンやベッドに匂いがついてしまうのを彼女は気にするかもしれない。

しばらく鉄男は、ベッドの中でぼんやり天井を見上げていた。寝不足だし、することもしたし、さとるの言うように一眠りしようかと思わないでもなかったが、妙に頭が冴《さ》えてしまっている。

音楽でも聞こうとして、鉄男は部屋の中を見渡した。誰の部屋にもステレオかカセットデッキぐらいはあるはずだ。しかし首を回して眺めてみても、それらしきものは見つからない。鉄男は諦《あきら》めてベッドの上に寝転がる。

さとるは不思議な女性だと、鉄男は改めて思った。

家の門限が十時で、しかもそれを二十四歳の彼女が守っていると聞いた時は、とんでもないお嬢様に手を出してしまったと思った。けれど、こうして自宅のベッドでやらせてくれることを考えれば、彼女はそうお堅い女性というわけでもなさそうだ。

初めて彼女に会った時のことを、鉄男は鮮明に覚えていた。夏休みだけ、鉄男はスーパーみやこしの中にある酒屋でバイトをした。そこに、まだ梅雨の明けきらない蒸し暑い日、彼女は現れた。

夏だというのに、さとるは長袖《ながそで》のシャツを着ていた。彼女が好んで着る空色のものだったのも覚えている。色が抜けるように白く、儚《はかな》げで、ショートカットの髪はボーイッシュというよりは中性的だった。

彼女は料理用の日本酒を買った。おまけですと言って鉄男がビール会社のグラスを渡すと、少し怯《おび》えたような微笑みを見せた。

若奥さんにも見えないし、学生にも見えない。案外歳がいってそうにも見えたし、とても若くも見えた。

彼女は、毎日のようにスーパーマーケットにやって来た。酒屋は入口付近にあるので、彼女が店に入って来るのがよく見えた。

酒屋にはたまにしか寄らなかったが、鉄男は彼女が来る度に何かしら「おまけ」をつけてあげた。すると彼女のぎくしゃくした笑顔を見ることができた。

いつしか鉄男は、彼女がスーパーにやって来るのを楽しみにするようになった。鉄男は配達に行くこともあるので、毎日必ず顔をあわせていたわけではない。けれど三日に一度ぐらいは、どこかで彼女と目があった。目があうということは、向こうも自分を見ているのだ。

彼女はすごい美人というわけではなかったが、その透明感は他の女性には見当たらないものだった。

鉄男のまわりには、そういうタイプの女性はいなかった。恋人として付き合ったり、友人になったりする女性は、いつも活動的でキュートな人だった。

ああいう〝おねえさま〟と仲良くなってみたいものだと鉄男は思った。そう思っていた矢先に、彼女が具合が悪そうに店のベンチでへたっているのを見つけた。これ幸いと車で家まで送って行って名前を聞きだした。さとる、という男性名が彼女の口から出ると、妙にそれはしっくりきた。

次に会った時にお茶に誘った。その次会った時には食事に誘った。とんとん拍子だった。何度目かのデートで、短く乾いたキスを交わした。これが今まで付き合ってきたタイプの女の子なら、ためらわず一気にホテルに連れ込んだだろう。けれど相手は、どこか哀しい雰囲気を湛《たた》えているおねえさまだ。海辺のホテルか温泉にでも誘わなければいけない。車でそのへんのラブホテルに乗りつけては失礼だと思っていた。

なのに、事は鉄男の予想に反して簡単に運んだ。先週ドライブに出た先で、さとるが車酔いを起こした。道端でだいぶもどした彼女は、ぐったりと鉄男の胸にもたれかかった。送って行こうにも、しばらく車に乗せられる状態ではないようだった。そして、途方に暮れかけた鉄男にさとるは言ったのだ。どこかで横になりたいと。

案外積極的なんだな、と鉄男は思った。しかしよく考えてみれば、彼女の方が二歳年上なのだ。働いてはいないようだが、学生の鉄男に比べたら彼女は大人なのだ。親切にきっかけを作ってくれたとも考えられる。今日もそうだ。まさか誘われるとは思っていなかった。でも、ちゃんとコンドームを持っているあたりが説得力に欠けるが。

鉄男は、さとるに誘われることを不快に思ってはいなかった。もう鉄男は充分彼女に恋していたし、彼女を抱けることが嬉《うれ》しくてたまらなかった。

ただ、やはり彼女は不思議な女性だと思った。

いつも、さっぱりした綿のシャツやセーターを着ていて、顔には化粧の色味がなかった。胸も尻《しり》も少年のように平坦《へいたん》で、髪も爪もきっちりと切り揃えられていた。つまり、セックスアピールがあるとはいえない容姿なのだ。

なのに、時折どきりとするほど色っぽく見える時がある。それは主に、彼女の具合が悪い時だ。普段から白い顔を一層青白くして、眉間《みけん》に軽く皺《しわ》を寄せ、つらそうに目をつむってうつむく姿を見ると、思わず肩を抱き寄せたくなる。

笑っている時は魅力がない、というわけではない。さとるの笑顔は、まるで観音様のような包容力のある笑顔だ。何もかもを受け入れてくれそうな優しい目をして微笑むのだ。声のトーンも柔らかく低い。だから、どちらかというと子供っぽい外見をしているのに、彼女は〝おねえさま〟に見えるのかもしれない。

鉄男は眠るのを諦めてベッドから起き上がった。シャツを着てジーンズを穿《は》き、部屋の真ん中に立った。そして、ゆっくりとさとるの部屋を見渡した。

本人がいない時に、部屋をじろじろ見るのは失礼だとは思ったが、やはり好奇心が先にたつ。探索は、せめて手は触れずに目で見える範囲にしておこうと、鉄男は頭の上で手を組んだ。

部屋の中で一番大きな家具は、本棚だった。鉄男はその古そうな本棚の前に立ち、端から背表紙を眺めていった。

きっと子供の頃に読んだのであろう、赤い表紙の世界文学全集。何冊かの有名な絵本。有名な詩集。茶色に変色した文庫本。昔のベストセラー。背表紙からは中身が分からない雑誌の束。それらは全て古い本で、もう何年も手を触れていないのだろう、埃《ほこり》がうっすらと溜《た》まっていた。

そして、取り出しやすい真ん中の二段には、比較的新しい本が並べてあった。話題になった小説や、鉄男が読んだことのない作家の本が数冊。それ以外の本は、ほとんどが心理学系の本だった。

彼女は大学で心理学を専攻していたのだろうか。そして改めて自分は、まだ彼女のことをまったく知らないのだと思った。

二回のセックスで、肩甲骨のあたりに彼女の性感帯があることは分かった。なのに、彼女の最終学歴は知らないのだ。

どういう食べ物が好きなのか、どういう映画が好きなのか、どうして音楽を聞かないのか、どうして働いていないのか、どうして彼女は二十四にもなって十時という門限を守っているのか。そして何故、姉妹とも男の名前がついているのか。

そこでドアが小さくノックされた。鉄男が振り向くと、さとるが顔を覗《のぞ》かせて小さく微笑んでいた。

「御飯食べる？　おなか空《す》いたでしょ」

鉄男は頷《うなず》く代わりに彼女の腕を取った。そして引き寄せ、抱きしめる。

「なあに？　どうしたの？」

くすくす笑いながら、彼女がそう問い掛ける。

「聞きたいことがいっぱいあるんだ」

さとるは鉄男の肩先に頬を埋めたまま、ただ黙っている。鼻先に触れる彼女の髪からは、かすかにシャンプーの匂いがした。ごく平凡なその匂いに、鉄男は何故か胸が詰まった。

これからゆっくり聞けばいい。ひとつひとつ彼女の扉を開けていこうと鉄男は思った。


さとるが作った料理は、ごく普通の家庭料理だった。

やや形がいびつな出し巻き卵に、何の変哲もない豚の生姜《しょうが》焼き、人参《にんじん》のゴマ和《あ》え、じゃがいもの味噌汁《みそしる》。

感激するほどおいしいというわけではないが、外食やコンビニエンス・ストアで弁当を買うことが多い鉄男にとっては新鮮な食事だった。まるで実家に帰ったようだ。

キッチンテーブルに、新婚夫婦のように向かい合って、鉄男とさとるは食事をした。

鉄男は最初「このゴマ和えはすごくおいしい」とか「学食の味噌汁にはキャベツの芯《しん》が入っている」などとさとるに話しかけたが、彼女は食事をはじめると、とたんに口をきかなくなった。鉄男の話に相槌《あいづち》は打つが、あとはただ黙々と箸《はし》を動かしている。

肩をすくめ、鉄男も口を閉じた。今まで外で何度かさとると食事をしたけれど、彼女は食べはじめると急に黙ってしまうのだ。癖なのかもしれない。

箸と食器の触れ合う音や、味噌汁をすする控えめな音が部屋の中に響いた。今まで彼女と食事したのは外食だったので、さとるが黙り込んでもさほど気にならなかったが、BGMもなく他に人もいない場所でしんとして食事をするのは落ちつかなかった。鉄男はアパートでひとりで食事する時は、必ずテレビを点《つ》けているし、子供の頃も夕飯時には必ずテレビが点いていた。

そわそわして、鉄男はリビングの方に視線をやった。広めのリビングルームには、二人掛けのソファと一人用のソファがひとつずつ。隅には電話台と電話機。絨毯《じゅうたん》もソファもクリーム色で、素晴らしくきれいに片づいているけれど、何となくよそよそしい感じがした。まるで住宅展示場のようだ。

壁際にテレビが置いてはあるが、それはキッチンの方を向いてはいない。ということは、彼女の家では食事をしながらテレビを見るという習慣はないのだろう。

鉄男は壁に並んで掛かっている二つの時計を見上げた。片方の振り子時計は止まっている。もう片方の無骨な四角い時計は夕方の六時を指していた。いつも見ている夕方のニュースの、わりと好きな女性キャスターの顔が頭を過《よぎ》った。

「ねえ、さとるさん」

あまりにも静かで落ちつかないので、返事がもらえないことは承知で鉄男は尋ねた。

「さとるさんちはさ、御飯食べる時テレビ見たりしないの？」

沢庵《たくあん》をコリリと齧《かじ》ったところだった彼女は、珍しい動物でも見るような目で鉄男を見た。

「見ないよ」

当たり前だとばかりにさとるは言った。

鉄男は叱られた子供のように小さく首をすくめた。門限はあるし、家の中はどこもきちんと片づけられている。もしかしたら、この家はかなり厳しい家なのかもしれないと思った。あの母親は確かに躾《しつけ》に厳しそうだ。

さとるは黙ったまま、静かに味噌汁を飲み干した。鉄男も茶碗《ちゃわん》の底に残った御飯を口に入れる。

「おかわりは？」

さとるが微笑んで聞いてくる。機嫌を悪くしたわけではなさそうだ。お願いしますと、鉄男はさとるに空の茶碗を渡した。

それでも何となく居心地が悪くて、鉄男は二杯目の御飯に残った味噌汁をかけ、急いで口の中にかき込んだ。

「御馳走《ごちそう》さまでした」

箸を置くと、さとるが不思議そうにこちらを見ていることに気がついた。

「あ、行儀が悪かったかな」

頭を掻《か》くと、彼女は真面目な顔で聞いた。

「御飯にお味噌汁かけると、おいしい？」

日本に来たばかりの外国人のような質問。

「おいしいよ。上品とは言えないけど」

さとるはふうんと呟《つぶや》く。この家では、飯に味噌汁をかけて食べるような人間はいないということだろうか。テーブルの上を手早く片づけている彼女を見ながら、鉄男はまいったなと思った。

香りのいいほうじ茶が、鉄男の前に置かれた。二人は向かい合ってお茶を飲む。さとるはまた黙り込んでしまった。鉄男は居心地の悪さに、尻がむずむずするのを感じた。さとるのことはとても好きだと思う。けれど、こうやって黙って向かい合っているのは気詰まりだった。

こう言っては何だが、することはしてしまったし、御飯も食べさせてもらったし、正直言ってだるかった。アパートに帰り自分のベッドにもぐり込みたい。しかし今「そろそろ帰る」と言ってしまっては、性欲も食欲も満たされたので、あとは家に帰って寝たいと言っているようだ。いや、言っているのだが、それはあまりにも失礼ではないだろうか。でも、彼女はどうして黙ったきりなのだろう。それに、何だかまた顔色が画用紙みたいに白くなってきている。具合でも悪いのだろうか。

「鉄男」

お茶をすすりながら、いろいろと考えを巡らせていると、さとるが急に口を開いた。

「ん？」

「私のこと、案外面倒くさい女だなって思ってるんじゃない？」

図星をさされ、鉄男は慌てて首を振る。

「なに言ってんだよ、さとるさん。そんなこと思うわけないじゃない」

笑いながら鉄男は言った。

「でも、この前鉄男、怒ってたみたいだったし」

「この前って？」

鉄男が聞き返すと、さとるは下唇を嚙《か》んだ。

「門限が十時でそれ守ってるって言ったら、鉄男、呆《あき》れてたみたいだった」

そうなんですよ、そりゃもう呆れちゃいました、と言うわけにはいかず、鉄男は再び大きな声で笑う。

「何だよ、そんなことか」

「変な家族、とか思ったんじゃない？」

どうしても俺を頷かせたいらしいな、この人は。鉄男がそう思った瞬間、廊下の向こうから玄関を開ける音が聞こえた。さとるがびくりと肩を震わす。

そして「ただいまあ」という、女の子の元気のいい声が聞こえてきた。妹のみつるが帰って来たらしい。

遅くなるって言ってたのに、と呟いてさとるが椅子から立ち上がる。それと同時に、ドアが開いてみつるが顔を覗かせた。

「あー、テッちゃん。いらっしゃい」

にっこり笑ってみつるが言う。

「お邪魔してます」

「どうぞどうぞ。あ、もしかして二人で御飯食べてたの？」

みつるはハンドバッグをソファへ放ると、鉄男の隣にどんと腰を下ろした。そして頬《ほお》杖《づえ》をついて鉄男の顔を覗《のぞ》き込み、意味ありげにニッと笑った。

「おねいちゃん、私にも御飯」

ふざけた口調でみつるが言う。

「着替えて来て、手を洗ってから」

「うるさいなあ。そんなの分かってるわよ。ガキじゃあるまいし」

「分かってるんなら、部屋に行きなさいよ」

「どうして命令するわけ？」

姉妹が険悪な雰囲気になってきたので、鉄男はチャンスとばかりに椅子から腰を浮かせた。

「じゃあ、僕はそろそろこれで」

「えー？　もう帰っちゃうの？　もう少しお話ししようよ」

そう言ったのは、もちろん妹のみつるの方だ。さとるの方は困ったような顔をしている。

「お姉ちゃん、私にもお茶ちょうだい」

「……御飯食べるんじゃないの？」

「いいじゃない。なんでそう邪険にするのよ。せっかくなんだから、三人で話でもしようよ。ね、鉄男さん？」

みつるは鉄男の顔を覗き込み、にっこり笑った。明るい色のスーツに、つややかな髪。潑剌《はつらつ》とした口調やローズ色の口紅は、鉄男が見慣れているものだった。ゼミやサークルにいる女の子達、そして鉄男が今まで付き合ってきた女の子達が持っていたものだ。若くて元気で、一見わがままに見えても本当は礼儀をわきまえている育ちのいい女の子、その特有の匂い。

こういう女の子となら、何時間でも気楽に話せる。鉄男は自分がほっとしていることを感じた。それと同時に、どうして自分がさとるに惹《ひ》かれたか、その理由にも気がついた。

「ねえ、鉄男さんってどういう所で飲んでるんですか？」

にこにこ笑って彼女が聞いてきた。

「テッちゃんでいいよ」

突然敬語になったみつるに、鉄男は微笑む。こういう女の子が最初に乱暴な物言いをするのは、実は照れているからなのだ。案の定、彼女ははにかんで舌をちょろりと出した。

「やっぱり駅のまわりかな。あと大学のそばにも少し店があるし」

「サマディ、知ってる？」

「ああ、なんか変な店だろ。パチンコ屋の地下の」

「そうそう、私、あそことか行くよ」

しばらく、鉄男とみつるはよく行く店の話をした。彼女は会社のそばよりも地元で遊ぶことが多いらしく、深夜までやっている店など鉄男よりよく知っていた。さとるはその横で話に加わるわけでもなく、けれどつまらなそうでもなく、そっと微笑んで二人の話を聞いている。

「最近、このあたりも拓《ひら》けてきたよね」

「そうだな。俺が大学入ったばっかりの頃は、駅前の大関しかなかったもんな」

「大関も好きだよ、私。おでんなんか安くておいしいし」

「おでんと言えばさ、ほらインターの所にドーンとできた291ってホテル？　あそこのおでんがおいしいんだってね」

みつるがそこでにやりと笑った。鉄男はそれではっとする。調子に乗って余計なことを言ってしまったかもしれない。

「別に僕が行ったわけじゃなくて、あの、ええと」

「誰もそんなこと聞いてないじゃない」

みつるは意地悪そうに笑っている。

「いや、そ、そうだよな」

鉄男はひとつ咳払《せきばら》いをする。さとるは気まずそうに「夕刊取って来る」と言って立ち上がり、リビングを出て行った。

みつるは、まだにやけていた。鉄男は今日の出来事まで見透かされているような気がして、彼女を直視できなかった。

「さとるさん、また具合悪そうだな」

鉄男はごまかすように言った。

「平気よ、別に」

あっさりとみつるが答える。

「でもお姉さん、体弱いみたいだし」

彼女はそれを聞いてぷっと吹き出した。そして椅子から立ち上がると、先程放ったバッグを手に取って、鉄男のそばまで猫のように歩いて来た。

意味深に微笑み、みつるは鉄男の顔を覗き込む。鉄男は視線をそらすことができず、間近で彼女の顔を見つめた。輪郭や肌の感じは、やはり姉のさとるとよく似ていたが、一重で切れ長の姉と違い、妹はくっきりと大きな目を持っている。さとるが中性的というなら、みつるはボーイッシュだった。

「もしかして、お姉ちゃん、最近貧血起こしたりした？」

鉄男は目をぱちくりさせる。

「鉄男さんの前で、倒れたり車に酔ったりした？」

からかうようなみつるの目が、鉄男を見ている。鉄男はどぎまぎと頷《うなず》いた。

「……そうだな」

「騙《だま》されちゃ駄目よ」

「え？」

「それって、お姉ちゃんの手なんだから」

「手って？」

「お姉ちゃんが、男の人を誘惑する時の手なの。でも、もう騙されちゃったみたいね」

ころころ笑って、みつるは鉄男の前を通り過ぎる。そしてドアの外に消えたかと思うと、すぐにひょこっと顔を覗かせた。

「テッちゃん、今晩デートしない？」

鉄男はぽかんと口を開けた。

「二時頃にサマディね。一眠りしてからおいでよ。そしたらもう一回できるでしょ。若いんだし」

「な、なに言ってんだよ」

思わず立ち上がった鉄男に、みつるはわざとらしい悲鳴を上げて消える。そして軽快な音をたてて階段を上がって行った。

「どうしたの？」

後ろから声をかけられて、鉄男は驚いて振り向いた。さとるがきょとんとした顔でそこに立っていた。

サマディは、このあたりで朝まで酒が飲める貴重な店だ。ただし開店時間と定休日は決まっていない。マスターが気分で開けているようだ。

以前はクラブだった場所なので、意外と店の中は広い。けれどちゃんと内装する資金が足りなかったのか、それとも最初から内装などする気がなかったのか、壁はクラブの時のまま鏡張りで、酒を出すキャッシュ・オン・デリバリーのカウンターもクラブの時のままだ。店内にはマスターの趣味らしい、タイの仏像や気味の悪いお面が飾ってあり、粗大ゴミ置き場から拾ってきたようなソファがいくつか置いてある。これで照明が明るかったら最悪なのだが、幸い店の中はカルト宗教のアジトのように暗い。

鉄男は入口近くのカウンターで酒を買い、壁に寄り掛かって目が慣れるのを待った。来るのは三度目なので、作法を覚えたのだ。慣れない客はいきなり歩き回って、床に直《じか》に座っている他の客に躓《つまず》いて転んだりするのだ。

暗さに目が慣れてくると、鉄男はみつるを捜した。客はもちろん若者ばかりだ。けれど、極端に若い客はいない。大勢でつるんで来て、声高にはしゃぐタイプの人間も来ない。男も女も、ここの客はとろんとした目をして、だるそうに酒を飲んでいる。

人の間を縫って店の中をゆっくり歩くと、隅のソファにみつるを見つけた。隣には若い男が座っていて、二人は何やら楽しそうに話をしている。邪魔をするのは悪いとは思ったが、呼び出したのは彼女の方だ。鉄男は黙ってみつるの前に立った。

彼女は鉄男の顔を見ると無邪気に笑った。そして掌で隣の男をソファからどけ、鉄男をそこに座らせた。男はただ肩をすくめただけで、店の暗闇の中に消えていった。

「彼、いいの？」

「別に。知らない人だし」

みつるはグラスの中の赤い酒を飲みながら片頬で笑う。鉄男は黙って煙草に火を点《つ》けた。

門限十時のはずの女の子が、深夜二時に怪しげな店に出入りし、知らない男と親しげに鼻をくっつけあっている。同じ家で育ち、同じ家で暮らしている姉とはずいぶん違う。

「君んち、門限十時なんじゃないの？」

「鉄男さんてさ、もっとスクエアな人かと思ったらそうでもないのね。こんな店にいても違和感ないもの」

彼女は鉄男の質問と全然違う答えを口にした。

「みつるちゃんには違和感あるよ。この店、似合うとは思わないね」

足元にある間接照明が、みつるの顔をぼんやり浮かび上がらせている。その表情には驚きがあった。

「それってお世辞？」

くすりと笑って彼女が言った。鉄男も少し笑う。けれど嘘ではなかった。不良を気取っているけれど、他の客と違い、みつるには崩れた感じはない。こんな店で、胸の形が露《あらわ》になるピッタリしたカットソーを着ていても、彼女にはやはり「育ちのいい」匂いがした。

「みつるちゃんちって厳しいの？」

鉄男は尋ねた。彼女は煙草の煙を吐き出す。

「まあね」

「門限十時なんだろ？　どうして、みつるちゃんはこんな夜中に出歩いてるわけ？　怒られないの？」

みつるはちらりと鉄男を見てから、ふいと横を向く。

「ばれなきゃいいのよ。お母さんが寝たら窓から出て、お母さんが起きる前に帰ればいいの」

鉄男はふうんと唇を尖《とが》らせる。

「それに、お姉ちゃんが庇《かば》ってくれるし」

「庇う？」

「そう。夜中に遊びに出るよって言っておけば、お姉ちゃん、私のベッドで寝ててくれるの。たまたまトイレかなんかにお母さんが起きて私の部屋を覗《のぞ》いても、お姉ちゃんが布団被《かぶ》って寝ててくれるから大丈夫ってわけ」

「なるほど、君はマザコンのうえにシスコンってわけか」

そう言うと、案の定みつるはものすごい顔で鉄男を睨《にら》みつけた。

「ばっかじゃない。私、あの人達なんか大っ嫌いよ」

そういうのをコンプレックスというんだと説明してやろうかと思ったが、やめておいた。

「そりゃ失礼しました」

「マザコンなのはお姉ちゃんよ。いい歳して気持ち悪いったらない」

みつるは片方の膝《ひざ》を胸に引き寄せ、そこに顎《あご》を乗せている。鉄男は黙って彼女の横顔を眺めた。

「いい子ぶりっ子で、わざとらしくて、うっとうしい女よ」

「ふうん。それで？」

「知ってるでしょ？　清純ぶって、弱いふりして男を誘惑すんのよ。そのくせ母親の前じゃ、男の人と手もつないだことないって顔してんだから」

そこで鉄男は堪《こら》えきれずにぷっと吹き出した。

「なに笑ってんの？」

怒ったようにみつるが顔を向ける。

「いや、みつるちゃんさ。いったい何で、こんな夜中に俺のこと呼び出したわけ？」

こちらを睨んでいる彼女を前に、鉄男は続ける。

「つまり、お姉ちゃんに騙されるなって、親切に忠告してくれてるのかな。それとも、お姉ちゃんの持ってるものなら何でも取り上げてみたくて、俺を誘惑してるのかな」

みつるは答えず、煙草に火を点けた。ライターの火が一瞬彼女の顔をクリアに浮かび上がらせる。その頰は赤くなっていた。

「意外とやな奴なんだね、鉄男さんって」

鉄男は肩をすくめ、これ以上年下の女の子をいじめるのはやめようと思った。

「ごめん。言いすぎた」

彼女は氷だけになったグラスをカラカラと鳴らした後、だるそうに少しだけ笑う。

「何か飲ませて。それで許してあげる」

「おう。何がいいの？」

「カンパリ・オレンジ」

鉄男は立ち上がり、ドリンクのカウンターに向かった。アルバイトらしい店員に飲み物を頼んで、みつるの方をふと振り返ると、さっきと違う男がもう彼女の隣に腰を下ろしていた。まるで椅子取りゲームだ。

正直に言うと、鉄男はみつるを初めて見た時、姉より妹にしておけばよかったかもなとちらりと思った。妹のみつるの方が、きっとさとるの何倍も扱いやすい。ちょっとした悪いことが好きで、けれど案外真面目なところがあって、普段は威勢のいいことを言っているのに、たかがクリスマスを一人で過ごせない。よくいるタイプだ。

鉄男が付き合ってきた、あるいは友達になった女の子達は、全員がそうだった。友人の彼女も、その子の友達も皆同じように見えるし、実際そうなのだと思う。

時代が作り出した、女の子達。

外見は違ったりもする。長い髪の子も、短い子もいる。コンサバな洋服の子もいるし、奇抜なファッションの子もいる。けれど服を脱がせて胸をまさぐれば、どの子も同じだった。

鉄男は女性にもてる。自惚《うぬぼ》れているわけではない。ただ、何故だか女の子に不自由したことがないのだ。郷里にいた頃もそうだったし、上京してきてからもそうだ。恋人だった女の子と何かあって別れると、すぐまた違う女の子が鉄男の前に現れ、科《しな》を作るのだ。

どの子とも、真面目に付き合ってきたつもりだ。鉄男は浮気性ではない。ちょっとしたつまみ食いをすることもあるが、基本的には誰かとステディな仲になると、その子に礼を尽くす。週に一度のデート、一日おきの電話、イベントにはプレゼント、そして避妊も忘れない。

しかし、そういうことに飽き飽きしていたのも事実だった。

みつるが嫌いなわけではない。可愛いし、いい子だと思う。きっと彼女と話をするのは楽しいだろう。すべすべした肌は、抱きしめたらきっと気持ちがいいだろう。

けれどももし、本当にみつると付き合うことになったとしたら、と鉄男は思った。何度か映画を見て食事をして酒を飲む。彼女はきっとディズニーランドに行こうよと言うだろう。天気のいい休日に鉄男は車を出し、湾岸を走ってディズニーランドに向かう。一日はしゃいで遊び回り、夜はどこかで抱き合うのだろう。考えただけでもうんざりした。ディズニーランドが嫌いなわけではない。そして、そういう成り行きが嫌いなわけでもない。眩暈《めまい》がするほど嫌なのは、鉄男が想像したとおりに事が進むことだった。もし今、シミュレーションしたとおりに現実が進んだらと思うと、本当に吐いてしまいそうだ。

さとるに恋をしたのはそういう理由だったのだと、鉄男は改めて思った。

彼女は一見、普通の女の子に見える。知り合った場面も恋人になった経過も、そう変わったことではない。けれど、さとるはどこか摑《つか》み所がないのだ。おとなしいのかと思うと妙に大胆な時もある。平らな胸にさっぱりした服を着ているのに、何故か色気がある。もしかしたら、腹黒い人なのかもしれないとも思う。そして、妹が言うには、どうやらものすごいマザコンらしい。

鉄男にはさとるが何を考えているのか、よく分からなかった。もしかしたら、案外普通のことを考えているのかもしれない。次に会ったらディズニーランドに行きたいと言うかもしれない。けれど、さとるならばそれも新鮮だ。次に何を言うか分かっている女の子は、もう充分だ。

鉄男は二人分の酒を持って、みつるの所に戻った。また隣の男をどかすかなと思っていたら、今度はみつるがソファから立ち上がった。彼女は薄く笑って鉄男からグラスを受け取り歩きだす。鉄男は黙って彼女の後ろについて行った。鉄男の鼻先の高さに、彼女の頭があった。背は姉のさとると同じぐらいだ。

鏡の壁まで彼女は歩き、そこにあったテーブルにグラスを置いた。背中を鏡に預け、鉄男の方を振り返る。

「呼び出したのはね」

顎《あご》を上げてみつるは言う。ぴったりしたシャツの胸はCカップ、いやDカップかもしれないと鉄男は思う。ウエストは括《くび》れ、古着らしいジーンズの腰は意外と張っている。首から下だけお姉さんと取り替えてくれればいいのに。

「お姉ちゃんの新しい恋人の本性は、どんなもんかと思ったから」

「お姉さん思いなんだね」

みつるは何か言い返そうとしたが、結局何も言わなかった。新しい恋人ということは、今までにもさとるには恋人がいたのだろう。鉄男は軽い嫉妬《しっと》を覚えた。

「で、どう？　僕の本性」

尋ねると、彼女は不敵な笑みを浮かべた。そして科をつくり唇をすぼめて囁《ささや》く。

「合格」

「どうもありがとう」

「あとは、お母さんがどうするかよね」

「お母さんの許可もいるのか」

みつるはすっかり余裕を取り戻した顔でにやにやと笑っている。鉄男はグラスをテーブルに置いて掌《て》を挙げた。

「質問」

「はい。どうぞ」

「みつるちゃんち、お父さんは？」

鉄男は真面目な口調で聞いた。茶化せない話かもしれないからだ。鉄男は彼女達の家のリビングにあった、三人しか座れないソファを思った。

「うちの大黒柱はママです」

けれどみつるは、おどけた口調で答える。

「離婚？　死別？　最初っからいないの？」

「そんなの、お姉ちゃんに聞けばいいでしょう」

とたんに不機嫌になって、みつるはグラスの酒を飲んだ。確かにさとるに聞いた方が本当のことを教えてくれそうだ。

「お姉ちゃんは、お母さんのことそんなに恐がってるの？」

「見れば分かるでしょう。お姉ちゃんは、お母さんには絶対逆らえないのよ。いい歳してさ、ばっかみたい」

ツンとすまして彼女は言う。鉄男は再びぷっと吹き出した。みつるは眉《まゆ》をひそめる。

「みつるちゃんだって、お母さんが恐いんだろ」

「さっきから言ってるでしょう、私はね」

むきになって言う彼女を遮るように、鉄男は頭にポンと手を置いた。

「恐くないなら堂々と夜遊びすればいいじゃないか。ママが寝てからコソコソ出て来るんじゃなくてさ」

言ったとたんに、冷たいものが飛んできて思わず鉄男は目をつぶった。彼女がグラスの酒をかけたのだ。

目を開けた時には、みつるはもう背中を向けていた。大股《おおまた》で彼女は出口に向かう。そばにいた客が、大して興味もなさそうに鉄男の方をちらりと振り返った。

バンダナを取り出し、鉄男は濡《ぬ》れた顔を拭《ぬぐ》った。どうやら本格的にみつるを怒らせてしまったようだ。追いかけて行って家まで送った方がいいだろうかとも思ったが、そこまでしてやる義理もないように感じた。

鉄男はみつるが忘れていったメンソール煙草の箱に気づき、一本出してくわえた。普段メンソールの煙草など吸わないので、それはとても妙な味だった。女って奴は、どうしてハッカの煙草なんかが好きなのだろう。

煙を吐き出しながら、鉄男は考えた。

みつるは、姉は母親に逆らえないと言っていた。それは嘘ではないのかもしれない。けれど、母親を恐がっている女の子が、どうして自分の家に彼氏を連れ込んでセックスできるのだろう。いくら母親は仕事でいないにしても、結構いい根性をしているような気がする。

「マザコンねえ」

鉄男は先日挨拶《あいさつ》だけした、あの母親を思い出す。多少無愛想ではあったけれど、ちょっとジョージア・オキーフのようで格好よかった。色気という点では、あの家の三人の女の中ではピカイチだ。恋愛に意外性を求めるなら〝おねえさま〟より〝おかあさま〟かもしれない。

「でも、それはちょっとレアかな」

そう呟《つぶや》いて、鉄男はひとりで笑った。そして半分吸ったメンソール煙草を灰皿に押しつけた。


さとるは、母親が恐かった。

それは物心ついた時からだ。小さい頃は、そのことを不思議には思わなかった。子供なら誰でも、母親というものに逆らえないのだと自然に思っていた。

自分の母親が「普通より恐い」ことを知ったのは、小学校の高学年になってからだった。遊びに来た同級生が、さとるちゃんちのお母さんって恐いね、と言うようになった。そしてさとるは気がついた。友達の家に遊びに行くと、どこの母親も笑顔で迎え入れてくれ、甘いケーキやジュースを出してくれた。時には子供達がやっているトランプに、無邪気な様子で加わる母親もいた。

よそのお母さん、というものを知る度に、さとるは自分の母親があまりにも愛想のないことを知った。友達を連れて帰ると、露骨に嫌な顔をした。少しでも騒ぐと、よその子だろうが何だろうが頭や頬を叩《たた》いた。そんなことが何度か続くと友達との間に溝ができて、さとるは何となく孤立してしまった。

母はよその子に手を上げるぐらいだから、自分の子供はもう遠慮なく叩いた。あまりにも小さい頃から叩かれ続けてきたので、さとるにとって、それはそう特殊な出来事ではなくなっていた。

食事中に騒いだり、テレビを点《つ》けっ放しにしたり、お風呂《ふろ》の掃除を忘れたりすると、母は手の甲を、あるいは頬をピシャリと叩く。一度叩かれればさとるは素直に謝り、二度と同じ過ちは繰り返さなかった。しかしみつるは、何度叩かれても懲りなかった。母に叩かれると泣きわめき、うるさいと言ってまた叩かれていた。さとるは手を上げる母のエプロンに泣きながらすがりつき、妹の代わりに「ごめんなさい」を繰り返した。

ぼんやりそんなことを考えていると、テーブルを挟んで向かい側に座っていた母が、パソコンを打つ手を止めて顔を上げ、ふいに口を開いた。

「みつるは？」

「さっき出掛けた」

「どこに？」

「友達の所だって言ってた」

母は眉間《みけん》に皺《しわ》を寄せたまま、しばらく黙っていた。

「休みの日に、家にいたことないじゃない、あの子」

さとるは答えなかった。弁護のしようがないからだ。

母はしばらく不機嫌そうにコツコツと爪でテーブルを鳴らしていたが、気を取り直したのか、再びパソコンのキーを叩きだした。

いつもの日曜日だ。午後の光がレースのカーテンからリビングに差し込んでいる。さとるは母の仕事の手伝いとして、小テストの採点をしていた。キッチンのテーブルに母親と向かい合って座り、赤いマーカーを持ってテスト用紙に向かっていた。母は何か書類を作っている。部屋の中にはカチカチと、母がキーを打つ音が響いていた。耳を澄ます。キーの音の向こうに、どこからか鳩が鳴く低い声。バイクのエンジン音。隣の家では、日曜日の度に宅配ピザを取っている。その音だろうか。

「最近はどう？」

キーを打つ手を止めず、母はさとるに質問した。

「特に変わらないみたい」

「あなたのことよ」

さとるの答えに、母はそう言った。

「私？」

母の視線はパソコン画面に落とされたままだ。銀縁の眼鏡が淡い日差しにきらりと光る。頬骨の影が以前より濃く見えるような気がした。また瘦《や》せたのだろうか。

「特に変わらないよ」

母は溜《た》め息と共に、カツンと指でキーを叩き、顔を上げる。

「いつまでも、家事手伝いのままってわけにもいかないわよね」

さとるはうつむき、答案用紙を見つめる。

「体の調子は、もういいんでしょう？」

「うん」

「何か仕事を考えてみれば？　家でできる仕事って結構あるんじゃない？」

「うん」

「校正とか添削とか……ああ、でも、そんなのお小遣い程度にしかならないかしら。パソコンでする在宅仕事っていろいろあるんでしょう？　それとも作家にでもなる？」

「うん」

母はさとるの曖昧《あいまい》な返事に、疲れたように首を振った。そして唇の端を少し上げ、笑顔を作った。

「さとるが家にいてくれると、確かに助かるんだけどね。でも一生このままってわけにはいかないでしょう」

柔らかく慈愛に満ちた目が、さとるを見ている。母はこんな聖母のような顔もできるのだ。そして言う。

「さとるは、やればできるんだから」

こっくりとさとるは頷《うなず》く。今はそれ以外に返事のしようがなかった。

それは、母の娘として生まれてきてから、何千回も聞いた台詞《せりふ》だった。

やればできるんだから。ほら、あなたはやればできるのよ。

難関の私立中学に受かった時にも、国立大学の薬学部に受かった時にも、その台詞を聞いた。

確かにそのとおりだった。できないと思っていたことも、努力するとちゃんと結果が出た。それは母の魔法だった。母がそう言って杖《つえ》を振ると、何故だか困難なことも乗り越えられる。

なのに、突然その魔法が効かなくなった。

大学に入ってから徐々に、さとるは体調を崩しはじめた。都心にあるその大学に通うことが、さとるには苦痛に感じられた。片道二時間の道のりは楽ではなく、その上、実験の多い学部だったので、そうそう休めなかった。

歯をくいしばるようにして一年弱通学したが、親しい友人もできず、往復四時間以上かけて通うのが心底苦痛に感じられた。中退したいと言った時、母はさとるをめちゃくちゃに打った。その時の痣《あざ》と顔の腫《は》れは、何週間も引かなかった。

「それとも、お見合いでもする？」

母の台詞に、さとるは目を見張る。母がそんなことを言うとは思わなかったのだ。

「……結婚しろってこと？」

「しろとは言ってないわよ」

自分の肩を拳《こぶし》でトントン叩きながら、母は続けた。

「自分で自分のことが養えないなら、誰かに養ってもらうしかないでしょう」

慈悲のない台詞に、さとるは息が止まりそうだった。

母が娘に望むことは、二つのうちどちらかなのだ。ちゃんと仕事をするか、ちゃんと結婚するかそのどちらかだ。それ以外はない。

「それともあの子は？　この前の鉄男って子」

「鉄男が何？」

「お婿に来てくれないかしら」

さとるはそっと椅子から立ち上がった。これ以上母の前に座っていられなかった。

「……そろそろ夕飯の支度する」

顎《あご》だけで母は頷いた。そして「今日は何？」と、パソコン画面を見たまま聞いてきた。

おでん、とさとるは答える。

「おでん？　もう飽きたわよ。他のものにして」

さとるは母の横顔を見る。

そして、ただ黙って目を伏せた。

先生、聞いて下さいますか。

今思うとね、この家に越して来たのが間違いだったような気がするんです。ええ、団地に住んでる時だって嫌なことはいろいろありました。でもね、この家に越して来てから、何もかもが悪い方向へ転がりはじめたような気がするんです。

え？　じゃあ、どうして家なんか建てたのかって？

そうですね、先生みたいな若い人には分からないかもしれないですね。

家族には、入れ物が必要なんですよ。入れておく箱が必要なんです。団地？　ああ、団地は悪くなかったけど、一生住むような所じゃないですよ。湿気が多いんで、押入れなんか黴《かび》だらけになっちゃって。

でもやっぱり、往復四時間以上かけて仕事に通うのは無茶でした。本当にきついです。半端に遠いから、行きも帰りもまず座れなくてね。

でもね、先生、仕事を辞めた理由はそれだけじゃないんです。聞いていただけますか。わたしには好きな人がいたんです。そうです、同じ職場で知り合った人です。

わたしは本当にその人が好きだったんです。今更恋に落ちることがあるなんて、わたしは思いもしませんでした。

恋に落ちるなんて、言葉にして言うと照れくさいですけどね、わたしはその意味が分かったんです。本当に落ちるんですよね。深い落とし穴にポーンと落っこったように、どうしても這《は》い上がれないんです。諦《あきら》めようとしても諦められないんです。

その人も私のことを好きになってくれたんです。ええ、夢のようでした。わたしのような者を好きだと言ってくれる人が現れるなんて、本当に奇跡のようなことです。

先生は恋したことがありますか？　だったら分かるでしょう。素晴らしいことです。

その人のためなら、何だってしようと思いました。

でもそれは、長くは続きませんでした。

邪魔されたんですよ、わたしは。

誰にかって？　決まってるじゃないですか。

家族ですよ。

あいつらが、よってたかってわたしの恋を踏みつけたんです。

どうしてかって？　そんなの簡単じゃないですか。あいつらにはわたしが必要だったんです。

いいえ、正確に言えば、わたしが必要だったわけじゃなくて、毎月黙って家のローンと生活費を持ってくる、お人好《よ》しな人間が必要だったんです。

さとるは図書館が好きだ。

特に今日のような十二月のこぬか雨が降る午前中の図書館は、眠ったように静かだ。蔵書も常連のおじいさんも、かすかな雨の音にうっとりと目を閉じている。

さとるは閲覧室の窓際の席で頬杖をつき、小雨にけぶる木立を眺めていた。ここは静かだ。どこにいるよりも、ここは落ちつく。

この図書館には、丘の上に引っ越して来た十五の歳からずっと通っている。五年ほど前に隣町に大きくて近代的な図書館ができたせいで、この古めかしい図書館を利用する人は減り、以前にも増して静かになった。その幸運をさとるは噛《か》みしめる。あまりにも静かになりすぎて、閉鎖になるのではないかという不安が、その幸福に切なさを加える。ほんのちょっとビターの混じったチョコレートのように。

高校一年生の時、さとるは生まれて初めて学校をさぼった。朝、駅で電車に乗ろうとしたら、足が動かなかったのだ。何台電車が来ても、さとるは電車に乗ることができなかった。具体的に何がというわけではなかったが、何かが恐くてたまらなかった。

家に帰る気にもなれず、さとるは駅から少し歩いた所に図書館があることを思い出し、そこへ向かった。街の中にぽっこりと古墳のように緑が繁る公園があり、その中に古い図書館が建っていた。

制服姿のさとるは、平日の昼間にこんな所にいたら「学校は？」と図書館の人に問い詰められるかもしれないと思い、しばらく本棚の陰に隠れるように座っていた。けれど、通りかかった司書の女性も、カウンターにいた館長らしき初老の男性も、さとるに何の関心も示さなかった。以来この場所は、さとるにとってある種の避難場所となった。

もう何年も顔をあわせているのに、さとるは職員とほとんど口をきいたことがない。かといって、彼らが不親切というわけではない。さとるが体調を崩し、しばらく図書館に通えないでいた時、久しぶりに訪れたさとるを見て、館長も司書の女の人も声を掛けてくれた。

中年の司書の女性は無口だけれど、物腰がとても柔らかかった。さとるの読書傾向に沿って、時々新刊をメモして黙って渡してくれた。館長も司書の女性以上に無口だが、急な雨で困り果てているさとるに、そっと黒いコウモリを貸してくれたことがあった。

けれど彼らの親切は、それ以上のことはなかった。それがさとるには有り難かった。顔色や体調を心配されたりしたら、さとるはここへは通わなくなっていただろう。そっけないぐらいの彼らの接し方に、さとるは愛さえ感じていた。彼らが夫婦でないことは知っているが、自分が彼らの子供であったらどんなに幸福なことだろうと、ばかばかしくも甘い想像をした。

古いヒーターがカタカタ音をたてるのを聞きながら、さとるはしばらく雨を眺めた。

それに飽きると、さとるは本を読みはじめる。家でも本を読むが、家にいる時はどこか緊張していて心から本に没頭できない。けれど、ここでならさとるは無防備になれる。体をここに置いたまま本の世界に旅することができる。

だから、自分の隣の席に誰かが座ったことにさとるは気がつかなかった。そしてその誰かが、自分の横顔を長い時間眺めていたことにも。

「さとるさん」

声を掛けられて、さとるはゆっくり右側を見た。見知った顔がそこにあったが、まだ頭が現実世界に戻らず、さとるはぼんやりと彼の顔を眺めた。

「ちょっとちょっと。大丈夫？　俺だよ、俺」

鉄男はさとるの目の前でひらひらと掌を振ってみせる。

「……ああ、鉄男」

「ああって、さとるさん、大丈夫？　目の焦点あってないよ」

「本、読んでたから、びっくりしちゃって」

「何か全然びっくりしてる感じじゃないなあ」

「あれ？　私、鉄男と約束してたっけ？　どうして鉄男がここにいるんだろう。あれ？今日って何日？　今は何時？　私、買い物して帰るんだっけ？」

ふいに鉄男が目の前に現れて、さとるは記憶と段取りが混乱していくのを感じた。鉄男は「どうどう」と言ってさとるの肩に手を置いた。

「落ちついて、落ちついて」

「あれ？　私もしかして約束破った？」

ほとんど泣きそうになって、さとるはすがるように鉄男を見る。彼はさとるの手を柔らかく握って言った。

「違うよ。俺が勝手に来たんだよ。ゼミが休講になって、今日一日空いちゃったんだ。さとるさん、よくこの図書館に来るって言ってたから、いるかなあって思って来てみたんだ」

ゆっくり説明されて、さとるは頷《うなず》いた。混乱した頭が落ちつきを取り戻してくる。そうだ、今日は鉄男と約束していなかった。今日はお昼まで図書館で本を読んで、買い物をして帰ろうと思っていたのだ。

「鉄男、会えて嬉《うれ》しい」

さとるは思ったことを口に出した。次のデートの約束はしていなかったし、今晩あたり電話が掛かってくるだろうと楽しみにしていたのだ。それが突然本人に会えて、にわかに嬉しさがこみ上げてきた。

鉄男はそれを聞いて、不思議そうに瞬《まばた》きをした。そして何故だか急に顔を赤くした。そっぽを向いて、着ていたウィンドブレーカーから煙草を取り出す。照れているのだろうか。

「ここ禁煙よ」

「あ、そうか」

「ねえ、お昼食べた？」

「いや、まだ」

「いっしょに食べましょうよ。私、おにぎり持ってるの」

鉄男は赤くなった頰をこすりながら、さとるの方を見る。そして小さく吹き出した。

「お弁当持参で、図書館通い？」

「うん。変？」

「いや、さとるさんらしいね。どこで食べるの？」

「いつもは前の公園のベンチで食べるんだけど」

二人は同時に窓の外に視線をやった。小雨だったはずの雨は本降りになってきている。

「よかったら、俺のアパートに来ない？」

鉄男の台詞《せりふ》に、さとるはしばし迷った。今日は夕方までには帰らないといけないのだ。

「さとるさんが嫌なら変なことしたりしないよ。早く帰りたいなら、御飯食べたら車で送っていくから」

はっきりと言う鉄男に、さとるは顔を上げた。その笑顔は雨の図書館に浮かぶ、小さな太陽のようだとさとるは思った。

鉄男の部屋は、彼の大学のそばにあった。比較的新しいアパートの二階で、まわりには緑が多い。外階段を上がると、コンクリートが雨に濡《ぬ》れる匂いがした。

魔窟《まくつ》と聞いていたから、どのくらい散らかっているのかと思ったら、それほどでもなかった。小さなテーブルの上には汚れた灰皿とビールの空缶があり、部屋のそこかしこに雑誌やCDが散らばっているが、パイプベッドの上の布団はきちんと整えられ、流しは清潔になっていた。

「片づいてるじゃない」

「あんまりにも散らかってくると発作的に片づけるんだ。今日はまだ片づけてから三日目ぐらいだから」

「ふうん」

さとるはそろそろと鉄男の部屋の中を歩き回った。三畳ほどのキッチンと、さとるの部屋と同じぐらいの広さのフローリングの部屋。本棚には大学の教科書と何冊かの小説。文庫本が多い。壁にはプロレスラーのポスターと世界地図が貼ってある。カーテンレールに、鉄男がよく着ているトレーナーが洗濯されて掛かっていた。

「そんな真剣に観察しないでよ」

ベッドの端に腰を下ろした鉄男が、苦笑いで言った。

「あ、ごめんなさい。男の人の部屋って、見るの初めてだったから」

「そうなの？」

「うん。うちには女しかいないし」

鉄男は吸っていた煙草を灰皿に押しつけると、さとるを手招きした。さとるは少し躊《ちゅう》躇《ちょ》してから、彼の足元に腰を下ろし、大きな膝《ひざ》に頬を寄せる。彼の掌がさとるの髪をゆっくり撫《な》でた。

ここ一ヵ月余り、二人はほぼ週に三回ほどの割合で会っていた。近くをドライブするか、昼間鉄男がさとるの部屋に来て抱き合うか、駅の近くで待ち合わせをして、お茶だけ飲んで別れる時もあった。

小さないさかいさえ一度もなく、冬に向かって深まっていく秋の中で、二人は穏やかな逢瀬《おうせ》を重ねた。さとるは、どんどん自分が安定してくるのを感じた。燃えるような有頂天な恋でなく、しっとりと優しい毎日が嬉しかった。

「でも、恋人はいたんだろ?」

「え?」

唐突に言われて、さとるは顔を上げた。鉄男が唇を尖《とが》らせている。

「ボーイフレンドの部屋には行ったことがなかったわけ?」

「あ、ああ……」

彼が焼き餅《もち》を焼いているのが分かって、さとるは困惑した。

「お茶飲んだり、映画見たりするくらいの人はいたけど、家にお邪魔するほど親しくなった男の人っていなかったから」

鉄男は返事をせず、両手で包むようにさとるを抱き寄せる。彼の鼻先がさとるの髪をくんくん嗅《か》いでいた。

「じゃあ、さとるさんち、お父さんは？」

鉄男の腕にうっとりと凭《もた》れていたさとるは、その質問に目を開けた。体を起こして彼の顔を見る。

「急に話が変わるのね」

「変わらないよ。うちには女しかいないって、今、言ったじゃない」

さとるは軽く唇を噛《か》む。鉄男が眉間《みけん》を曇らせてさとるの頬に手を当てた。

「聞いちゃいけないことだった？」

「ううん。違うの」

さとるは慌てて首を振る。

「いずれ話さなきゃいけないとは思ってるんだけど……」

「じゃあ、さとるさんがいいと思った時、話してくれればいいよ」

「その時は聞いてくれる？」

「もちろん。どんな話でも、真面目に聞くよ」

真摯《しんし》な鉄男の瞳《ひとみ》を見上げて、さとるは泣きじゃくってしがみつきたい気持ちを堪《こら》えた。この人になら、近いうちに打ち明けられるかもしれないとさとるは思った。どんなことも茶化したり馬鹿にしたりしない、この大きな体と心を持った男の人なら。

「御飯食べましょうか。私、おなか空《す》いちゃった」

「それってさとるさんの分だけだろう。二人で食べたら足りないし、ピザでも取ろうか」

彼の台詞に、さとるは顔を輝かす。

「ピザって、宅配ピザ？」

「そうだよ。あ、もしかして嫌い？」

「ううん。私ね、食べたことないの。一度食べてみたかったの」

さとるがそう言うと、鉄男はヒュウと口笛を吹く。

「ほんとに、さとるさんってお嬢さんなんだな」


これがめちゃくちゃうまいんだと、鉄男が電話で頼んでくれたピザは、メキシコ・スペシャルという辛そうなものだった。三十分以内に来るというので、さとると鉄男は先にお弁当を食べることにした。

「うわ、うまそうだな」

プラスチックのバスケットの蓋《ふた》を開けると、鉄男は嬉しそうな声を出す。中身はおにぎりが二つと、昨夜の残りの唐揚げとポテトサラダ、それから朝の茹卵《ゆでたまご》とプチトマトだ。

「よかったら全部召し上がれ。私はメキシコ・スペシャルに賭《か》けてるから」

「ねえ、これって自分ひとりで食べるつもりだったんでしょ？」

早速おにぎりに手を出しながら、鉄男が言う。

「そうよ」

「それにしちゃ、きれいに盛りつけてあるじゃない」

「普通だと思うけど」

「いや、普通じゃないよ、さとるさんって」

「失礼ねえ。そんなに変なこと？」

プチトマトをひとつつまんでさとるは笑う。

「図書館に行く時は、いつも弁当持参なの？」

「いつもってこともないけど……ほら、私は働いてないじゃない。なるべく節約しないといけないから、こうやって残り物を片づけてるのよ」

「ねえ、どうして働いてないの？」

二個目のおにぎりに手を出しながら、鉄男がそう聞いてきた。さとるはプチトマトを噛むのをやめた。二人の沈黙の隙に、雨の音が忍び込んでくる。

「……今日は質問が多いのね」

「ごめん」

鉄男は恥じ入るようにうつむいた。しゅんと丸まった大きな背中を、さとるは愛《いと》しく眺める。

「でも、さとるさんって謎が多くて」

「謎ってそんな、人をお化けみたいに」

「お化けみたいだよ、さとるさんは。摑《つか》み所がなくて」

さとるは内心ちょっと驚いていた。彼に話していないことは確かにいくつかあるし、小さな嘘もいくつかついたけれど、謎だなどと男の人から言われたのは初めてだった。お堅いとか平凡とか退屈と言われたことはあっても、摑み所がないと言われたことはない。

「鉄男は何か誤解してるみたい」

「そうかな」

「私は平凡で退屈な人間よ。鉄男だってこの前そう思ったでしょ？」

すると彼はかぶりを振って言い返してきた。

「いつ俺がそんなこと。さとるさんのこと、そんなふうに思ったことないよ」

「この前、家に来てくれた時よ。御飯食べた後、帰りたそうだったじゃない」

鉄男は絶句し、そしてあっという間に両耳まで真っ赤になった。なんて正直な子なんだろうと、さとるは思わず微笑んでしまう。

「ずるいよ、さとるさんは」

子供のように拗《す》ねて、鉄男は自分の膝を抱えた。

「分かってたんなら、どうして知らん顔してたのさ。それで今頃、分かってたのよなんて言うのはずるいよ」

機嫌を損ねてしまったようだ。さとるはそっと彼の髪に手を伸ばす。

「ごめんね。意地悪するつもりじゃなかったの」

「どうして働いてないか聞いただけだったのに」

「だから、ごめんって」

玄関のチャイムが鳴った。ピザだ、と言って立ち上がりかけた鉄男を制し、自分のバッグから財布を出してさとるは立ち上がった。うきうきと玄関のドアを開けると、そこには若い女の子が立っていた。それも三人。

「あれー？　あたし、部屋間違えた？　ここ鉄男のうちだよねー」

さとるの顔を見て、一番前にいた女の子がそう言った。

「あ、もしかして、鉄男の彼女？」

女の子達の後ろから、男の子がひょいと顔を出す。さとるは絶句して、財布を持ったまま立ちすくんだ。そのとたん、慌てた様子で鉄男がさとるの前に出る。

「何だよ、お前ら。来るなら電話ぐらいして来いよ」

「あら、まさか彼女が来てるとは思わなかったから」

「ねー、せっかく遊びに来てあげたのに」

「ごめんね、邪魔して」

女の子達は口々にそう言って、にやけている。

「お取り込み中ってとこみたいだし、あたし達は帰るわ」

「別にそういうわけじゃねえよ」

むきになって言う鉄男の背中から、さとるはやっとの思いで声を出した。

「あの」

さとるのその一言に、女の子三人と男の子、そして鉄男の目が一斉にこちらを見た。

さとるはごくりと息を飲み、一気に言った。

「あの、突然遊びに来たのは私の方なんです。皆さん、あの、どうぞ上がって下さい」

女の子達は一応「えー、でも」と遠慮する振りを見せたが、男の子はもうスニーカーを片足脱いで部屋に上がろうとしていた。


六畳ほどの広さの部屋に、人間が六人。

女の子達は慣れた様子で床に散らばったCDや洋服をどけ、クッションやベッドの縁にそれぞれ腰を下ろした。男の子は勝手にベッドの上に寝転がり、落ちていた雑誌を拾ってぱらぱらとめくっている。

彼らが部屋に上がってからまたすぐチャイムが鳴らされ、ピザが届いた。もちろんさとるは、それを皆に勧めた。女の子達は先程と同じように、とりあえず一回遠慮してみせた後、さとるが勧めるままメキシコ・スペシャルに手を出した。さとるがおどおどしている間に、あっという間にピザの箱は空になってしまった。鉄男が目で謝ってくる。さとるは何とか笑顔をつくった。

女の子達はとても明るく、自分達は鉄男と同じサークルの友達なのだと自己紹介した。

恋愛感情なんかないから、気にしないでねとも言った。その言葉に刺《とげ》はなかった。彼女達はとても速く喋《しゃべ》る。同じ色の唇が、ぱくぱくとよく動く。ピザを食べ、笑い声をたてる。時々ベッドの上の男の子が合いの手を入れる。女の子達はどっと笑う。鉄男も同じようなテンポで喋る。さとるはただ、戸惑い気味にそれを聞いているだけだった。

聞かれたことには答えたつもりだ。鉄男の彼女なの？　はい、そうです。同い年ぐらいかしら。よせよ、二つ年上なんだ。えー、やだ、タメ口きいちゃった、許してね。お名前は？　あ、毬谷です。えー、マリヤ？　それ名字？　ねえねえ、二人の馴《な》れ初《そ》めは？　スーパーみやこし？　何それ、あはは。解説してよ。鉄男って優しい？　ハイだって、即答されちゃった。幸せ？　ハイだって、また。そこまでのろけるか？

さとるは辛うじて、口許《くちもと》に笑みだけは浮かべていた。けれど、正座した膝《ひざ》にはガチガチに力が入っていたし、掌には冷たい汗をかいていた。

さとるは女の子が苦手だった。

小学生の時はそうでもなかった。子供の頃から元気のいい女の子は苦手だったけれど、クラスの中でおっとりしたタイプの女の子とは話もしたし、友達と呼べるほど親しくもなった。

中学に上がった頃から、さとるはほとんど全ての同性を苦手と感じるようになった。そしてそれを隠すために、誰と話す時でも唇に微笑みを浮かべるように気をつけ、決して人の悪口を言ったりしなかった。

努力の甲斐《かい》あって、さとるは「穏和な人」と誰からも言われた。けれど次第にそれは「穏和だけど面白くない人」という評価に変わっていった。そのことに、しばらくさとるは気がつかなかった。

だから、クラスの中で浮いた存在になったのは、さとるにとって突然に感じられた。風邪をこじらせて一週間学校を休み、久しぶりに登校してみると、クラスでは席替えが行われていた。さとるの席は一番前の真ん中、つまり教壇の真ん前だった。

それについて、さとるはクジ引きの結果だと信じようとした。そして昼休みになり、いつもいっしょにお弁当を食べていた女の子達が、一斉にどこかに行ってしまったことで、さとるはやっと気がついたのだ。誰もさとるの方を見ようとしない。さとるは静かに自分の席に戻り、ひとりで食事をした。

それは、いじめというほどのことでもなかった。さとるが用事で誰かに話しかければ、クラスの誰でもがちゃんと返事をしてくれた。上履きの中に画鋲《がびよう》を入れられたこともなかったし、トイレに呼び出されてバケツの水をかけられたりもしなかった。そういうことをされている子は、さとるの他にいた。

いじめられる子には存在感がある。さとるにはそれがなかった。さとるが学校をさぼっても、ほとんど誰も気がつかなかった。さとるが学校を休んだ時、何かのペーパーが配られても、誰もそれをさとるの机の中に入れておこうとはしなかった。

女の子達は、静かにさとるを無視した。そして気が向いた時に、からかったり嗤《わら》ったりした。

逆に男の子からは、比較的人気があった。といっても、時折下駄《げた》箱に手紙が入っているという程度のひっそりとしたものだった。さとるは手紙をくれた同級生の中から、真面目そうで口が堅そうで、静かで頭のいい男の子を選んだ。中学生の時に一人、高校生の時に一人。どちらも似たような感じの男の子だった。

中学生の時のボーイフレンドとはキスまでだったが、高校に入学してすぐ付き合いだした男の子とは、新築したばかりのさとるの家で初体験をした。その子は隣町に住んでいたので、ちょくちょくさとるの家に遊びに来た。そして家族の目を盗んでは、さとるのベッドで制服を脱いで抱き合った。

学校ではそんなそぶりは見せなかったし、何しろさとるの学校は進学校だったので、皆自分の勉強に忙しく、他人のことはどうでもいいようだった。さとるとその少年が深い交際をしていたことは、学校の人間は誰も気がつかなかった。

恋人がいたせいと、同性から浮いてしまうせいで、さとるには友達らしい友達はひとりもいなかった。しかしそれでも不便がなかったので、さとるは余計に同性が苦手になっていった。

入試を控えた三年生の夏に、さとるはそのボーイフレンドと別れた。母が彼の出入りを禁止したのだ。そして、二人とも第一志望の大学に受かったらまた付き合ってもいいと言ったが、結局、二人の仲はそのまま消滅してしまった。二人とも希望どおりの大学に入学することはできたが、彼は新しい大学生活に胸を膨らませ、古くて堅くてマザコンのさとるなど、もう思い出しもしなかったのだ。

さとるは第一志望だった大学に、片道二時間、往復で四時間以上かけて懸命に通った。薬学部に入ったのは、将来、理系の教師か薬剤師になろうと思ったからだ。母は娘が自分と同じ理系の学部に入ったことと、一生続けられる職を目指していることに満足していた。

さとるは、入学式の日に勧誘された英会話のサークルにも入った。大学で会う人々は女も男も皆、さとるには眩《まぶ》しいほど明るかった。

そう、今目の前にいる女の子達のように、くるくるとよく喋りよく笑う。さとるは必死に皆に溶け込もうとした。一人で本を読んだりのんびりするのは好きだけれど、何も孤独を愛しているわけではない。さとるは誰かと親しくなりたかった。子供の頃には確かにいたはずなのに、いつの間にか一人もいなくなってしまった「友達」というものが欲しかった。

しかし、さとるは大学でも友人をつくることができなかった。ボーイフレンドをつくることはできても、友人をつくることができないのだ。そのボーイフレンドも、ただ会って車でホテルに行くだけの関係だった。それでもさとるは嬉《うれ》しかった。遊ばれていることは分かっていても、そこには確かに人間の体のぬくもりと重みがあった。

一見穏和で優しそうに見えるので、最初のうちはいろいろな人がさとるに話しかけてきた。けれど、夕方になるとお酒どころかお茶も付き合わず、時間を気にしては遠い自宅に帰って行くさとるを、誰も相手にしなくなった。さとるの優しげな微笑みの向こうにある、頑《かたくな》な人見知りを見破るまでもなく、今時の明るい大学生達はさとるから離れていった。

そして、さとるはこう考える。

今目の前にいる一見明るい彼女達も、その笑顔の奥の方に、漠然とした虚《むな》しさを抱えているはずだと。だからゆっくり時間をかければ、分かりあえるはずだと。

けれど彼女達は性急だ。どうしてさとるが鉄男と知り合い、恋人になったのか、表面上のことしか尋ねてはこない。そしてまた、詮索《せんさく》好きなはずの彼女達は、本当は他人のことなどそう深く知りたくはないのだ。

そしてさとるは、どうしたらいいか分からなくなってしまう。ただこの場を楽しく乗り切ればいいだけのこと、今だけ鉄男のために明るいふりをしていればいいだけのこと、簡単なことなのだと思えば思うほど、笑顔が惨めに凍りつく。

「なんか、お邪魔みたいだから帰ろうか」

女の子達のひとりがそう言ったのが、遠く聞こえてくる。今まで何を話していたのか、いったいどのくらい時間がたったのかさえ、さとるにはよく分からなくなっていた。

気がつくと、鉄男のその小さな部屋に、ぽつんとさとるひとりが残されていた。

「さとるさん？」

鉄男が心配そうに、顔を覗《のぞ》き込んでくる。その顔が歪《ゆが》んで見えるのは、自分が泣いているからだとさとるは気がついた。

「……お友達は？」

「帰ったよ。下まで送ってきた」

「私のせいね」

さとるはぎゅっと目をつむる。瞼《まぶた》から溢《あふ》れた涙が顎《あご》に伝わるのが分かった。

「何が、さとるさんのせいなの？」

鉄男はさとるの両手を握り、子供に聞くように尋ねた。

「私の態度が悪かったから、みんな気を悪くして帰っちゃったんでしょう。鉄男の友達なのに。鉄男の所に遊びに来たのに。私が追い返したんだわ。ごめんなさい。私、うまくできないの。初対面の人って、どうしたらいいか分からないの」

鉄男はじっとさとるの目を見つめている。もし今彼がほんの小さな溜《た》め息をついたら、さとるは二度と彼の前に姿を現すのはやめようとさえ思った。

けれど、鉄男は呆《あき》れた顔はしなかった。代わりに彼はこう聞いてきた。

「どうしてそう思うの？」

「だって私、女の子の前だと、どうしたらいいか分からないの」

鉄男はかすかに首を傾《かし》げる。

「あの子達の方が、鉄男にはあってるわ。そうよ、鉄男にはああいう明るい女の子が似合うわ。私じゃなくて、みつるの方が似合ってるわ」

「どうしてそこで、みつるちゃんが出てくるの？　それに彼女達はただの友達だよ。サークルがいっしょなだけだよ。友達としては楽しいけど、俺はさとるさんみたいな人の方がタイプなんだよ。分かってると思ったけどな」

「ただの友達って何？」

さとるはそこで少し大きな声を出した。

「友達は大切だわ。ただのってことはないでしょう。知り合いだったら、ただのっていうのも分かるけど、友達なんでしょう？　親しいんでしょう？」

鉄男はきょとんとした後、ちょっとだけ笑みを浮かべた。それが厭味《いやみ》なのか優しさなのか、さとるには判断できなかった。

それからゆっくり鉄男はさとるを抱き寄せた。

「いったいどうしたんだよ」

「だって、私」

「さとるさん、自分が思うほど変な態度じゃなかったよ。さとるさんがあんまり正直に答えるから、あいつら照れくさくなっちゃったんだよ。だから遠慮してくれたんだ。別にさとるさんのこと変だとか、嫌いだとか思ったわけじゃないよ」

「私、うまく話ができなかったわ」

「そんなことない。それにもしそうだとしても、いいじゃないか。さとるさんはそのままでいいんだよ。そのままのさとるさんが俺は好きなんだよ」

さとるは体をゆっくり起こし鉄男の顔を見つめた。眉間《みけん》を曇らせ、彼もさとるの顔を見ている。

キスをしたのは、さとるの方からだった。


その日の鉄男は、いつもと違った。

さとるがどうしても鉄男の部屋では嫌だと言うと、黙ってさとるを車に乗せ、一番近いラブホテルに乗りつけた。その間、彼はほとんど口をきかなかった。

シャワーも浴びず、服を脱ぐのももどかしく、二人は自分で下着を脱ぎ捨て、お互いを貪《むさぼ》りあった。

鉄男はさとるを組み伏せ、鬱血《うっけつ》するほど手首を握りしめ、痛いほど舌をからめた。鉄男は冷静な目で、さとるの小さな胸の膨らみが彼の動きにあわせて揺れるのを見つめていた。

そして、鉄男はすぐに果てた。

体を離し、天井を仰ぎ苦しそうに胸を上下させている。さとるはシーツに頬を埋め、鉄男の横顔を見ていた。

そして耳を澄ます。

鉄男の息づかい。その向こうに、かすかに聞こえる別の部屋の別の息づかい。ベッドの軋《きし》む音。廊下を誰かが歩く音。掃除の人だろうか、その足取りは重く、ずるずると履物を引きずっているようだ。車のエンジン音。低い男の人の声。それに応《こた》える女性の声。そして突然、女性の泣き叫ぶような大きな声がした。

さとるは思わず身を起こす。

「お隣さんも頑張ってんなあ」

苦笑いと共に、鉄男がそう呟《つぶや》いた。さとるはそっと息を吐く。そうか、あれはあの時の声か。自分の声もあんなふうに聞こえるのだろうか。夢中になっているので、自分の声がどんなふうだかは分からない。

鉄男はさとるを見てかすかに微笑むと、瞼を閉じた。いつもの屈託のない顔に、今日は影がさしている。そしてあっという間に彼は寝息をたてはじめた。

さとるはベッドの脇から落ちてしまったシーツを引き上げ、鉄男の肩にそっとかけた。そして枕元のデジタル時計に目をやってから、彼の隣にもぐり込んだ。

もう帰らなくては。

さとるは唇を噛《か》んだ。今日は夕方には家に帰るつもりだった。皆の夕飯を作らなければいけないのに、時計はもう夕方の六時になるところだった。

目をぎゅっとつむり、額を鉄男の脇に押しつけ体をまるめた。もう帰らなくちゃ、と喉《のど》まで出かかっている言葉を、さとるは奥歯で噛み砕く。

ずっとずっと、こうしていたい。さとるはそう思った。

初めて男の人と寝た時に、さとるはそう思った。裸で抱き合うということは、なんて素晴らしいことなんだろうと胸が震えた。人間のぬくもり、肌触り、汗の匂い、心臓の音。みんなそこにある。抱きしめた腕の中にある。映画を見たり食事をしたり、話をしたりプレゼントをもらうことよりも、さとるはセックスする方が好きだった。

さとるは、男の人が好きだ。男の人とは裸で抱き合える。言葉が足りなくてうまく分かり合えない時は、裸になって抱き合えばいい。そうすれば、すんなりと心が溶け合う時がある。

女の人ともセックスできればいいのに。さとるは鼻を鳴らして鉄男の体の匂いを嗅《か》ぎながらそう思った。そうしたら、もっと簡単に仲良くなれるのに。

さとるは、自分のことをいやらしい人間だと思った。セックスが何よりも好きだなんて、女の人ともセックスしたいだなんて。

鉄男が何やら寝言を言う。さとるは瞼を開ける。毛布の中は真っ暗で、さとるはそっと彼の股間《こかん》に手を伸ばした。

鉄男のものは意外に小さい。というのは、彼は背も高いし骨太なので、きっとあそこも大きいだろうと思っていたのだ。けれど彼のものは普通の人と変わらなかった。

さとるの高校時代のボーイフレンドは、背も高くないし痩《や》せていて小柄な人だった。けれど彼のものは起立すると驚くほど大きかった。さとるにとって初めてだったせいもあるが、彼を自分のそこに受け入れた時、本当に痛くて貧血を起こしてしまったぐらいだ。

さとるは、鉄男の柔らかくなってこっくり首を垂れてしまったものを掌で包んだ。柔らかく温かい。もしかしたら、男の人が女の人の胸に触れる時、こういう幸せな感触を味わうのかもしれない。小鳥の背中を撫《な》でているような、温かく柔らかい、そして頼りなくも愛《いと》しい命の感触。

鉄男のそれは、次第に熱を帯び硬くなっていく。さとるは複雑な心境になる。そのままでいてほしいような、もっと硬くなってほしいような。目を覚ましてほしい気もするし、このまま寝顔を見ていたい気もする。

「……さとる」

目を覚ましたらしい鉄男が、甘い息と共に名前を呼んだ。さとるは体をずらして、鉄男の腹に覆い被《かぶ》さった。

それは口の中で急速に膨らんでいく。さとるは恍惚《こうこつ》と目をつむった。まるで赤ん坊がおしゃぶりを放さないように、さとるは彼のものを口に含み舌を這《は》わせた。

鉄男の両手がさとるの髪をまさぐる。掌がさとるの頭を腹に強く引き寄せる。彼の素直な声と息。さとるは懸命に奉仕した。

彼のそれがびくんと震えて膨らみ、舌の先につんと味を感じた時、さとるは口を離そうとした。すると彼の両手がさとるの頭を抱え込んだ。

「のんで」

かすれた声が降ってくる。いや、と首を振ろうとした瞬間に、もう口の中に彼のものが溢《あふ》れ出していた。

「ごめん。出していいよ」

鉄男はすばやく枕元にあったティッシュを取って、さとるの口許《くちもと》に当てた。さとるは口の中に広がった液体を吐き出す。

「ごめん」

もう一度鉄男は首を垂れて謝った。

「いいの。私こそ、ごめんね」

「さとるさんは謝らないで」

「ごめんね、鉄男、ごめんなさい」

「謝るなよ」

鉄男は苦しげに呟いて、さとるを抱き寄せベッドの上に押し倒した。ひとりぼっちにされ、やっと母親に会えた子供のように、鉄男はさとるに抱きついた。頬をすり寄せ、名前を繰り返し呼ぶ。

耳の後ろ、そして首筋に強いキス。胸にも鉄男の唇が下りてくる。さとるは鉄男の腕の中で、意識が遠くなっていくのを感じた。まるで夢の中にいるようだ。

その時突然、夢の風船が弾《はじ》けた。

鉄男がさとるの足を押し広げ、その中心に顔を埋めようとしたのだ。

「やめて！」

自分でもびっくりするような大きな声が出て、さとるはそこから飛び退《の》いた。そしてさとるよりももっと驚いた顔の鉄男が、怯《おび》えたような目で裸のさとるを見つめている。

「……どうして？」

鉄男がかすれた声でそう聞いた。

「どうしてって」

さとるはガチガチと震える奥歯に力を込めた。

「だって、汚いじゃない！」

さとるはそう声を上げると、毛布を被って泣きだした。


さとるを送って行く車の中で、鉄男は生欠伸《あくび》を嚙み殺していた。

今日は疲れた。

セックス以外は大して体力を使っていないはずなのに、何だかくたくただった。

鉄男は先程、さとるを激しく抱いた。

今までが壊れ物を扱うようにそっと抱いていたとしたら、今日は大切にしていた華奢《きゃしゃ》な茶碗《ちゃわん》をいっそのこと割ってしまいたいと思うほどだった。

半分、自棄《やけ》だったともいえる。

さとるのことを好きだと思う。だからこうして抱いているのだ。それに嘘はない。

けれど、彼女の今日の神経質ぶりはどうだろう。

もともとそういうところを好きになった。繊細で、硬くて、あちらが透けてしまいそうに薄い、西洋の陶磁器のようなところに惹《ひ》かれた。おっとりして見える薄皮の下の、きりきりに絞り上げられた感情の糸に、張り詰めた美しさを感じたのだと思う。

けれど今日は、女は鈍感な方がいいのではないかと思い直した。落としても割れない分厚いコーヒーカップのような女の方を、自分は選択すべきなのかもしれない。

鉄男は車を運転しながら、助手席のさとるをちらりと見た。彼女はホテルを出た時からずっと黙っている。車に乗り込むとすぐにシートに体を埋め、目を閉じていた。怒っているのか眠っているのか分からない。

いつもなら「具合でも悪いの？」と聞くところだ。けれど今日はその台詞《せりふ》を口にする元気も湧かなかった。

嫌いではない。好きだと思う。鉄男は視線を正面に戻してそう思った。前の車のブレーキランプを見て、自分も軽くブレーキを踏む。

そうだ、俺はやはりこの面倒くさい、神経症的な年上の女が好きなのだと思った。

今日、学校へ行ってゼミが休講だと知ると、すぐにさとるの顔が頭に浮かんだ。家事手伝いの身分の彼女は、よく地元の図書館に通っていると言っていたのを思い出し、会えたら儲《もう》けものぐらいの気持ちでそこに向かった。

大学には巨大な図書館があるので、鉄男は駅から徒歩十分のところにあるその古い図書館を訪れたのは初めてだった。

小雨の中を鉄男は図書館に向かって歩いた。駅から続く緑の遊歩道を、透明なビニール傘をさして歩くのはいい気分だった。平日の午前中、それも雨の遊歩道はしんと静かで、オゾンの匂いがした。傘をくるくる回し歩いて行くと、住宅地の中にぽっこりとブロッコリーのような緑の固まりが見えてきた。そこは小さな公園で、案内板に図書館と子供用プールの標示があった。

小さな森の中の図書館は、まるで絵本の中に出てくるような古びた煉瓦《れんが》造りの建物だった。いい具合に蔦《つた》がからまり、曇りガラスのドアを開けて中に入ると、中年の司書の女性がちらりと鉄男の顔を見た。

傘を畳んで入口に立てかけ、鉄男はゆっくり図書館の中を見渡した。大学の図書館は蔵書は膨大だが、ほとんどが閉架である。だから、本がぎっちり並んでいる図書館を見るのは久しぶりだった。ぶらぶらと棚の間を歩いてみる。書店とは全然違う本のラインナップに、鉄男は小さなカルチャーショックを受ける。

ところどころに置かれた椅子に、ぽつぽつと人が座って本を広げていた。白髪の老人、奥さんふうの女性、職業不明の中年の男。皆、音をたてることが罪悪だとばかりに、ただ静かに本のページをめくっている。

鉄男は二階への階段を上がった。時代を感じる飾りのついた手すり。それはつるつるに磨かれていて、触るとひんやり心地よかった。かすかな雨の音の中、閲覧室へ鉄男は向かう。その部屋はドアが片方開いていて、彼は靴音をたてないように、そっと足を進めた。

閲覧室の一番窓際に、さとるはいた。机の上に頬杖《ほおづえ》をつき、何か分厚い本を一心に読んでいる。彼女の向こうには雫《しずく》に濡《ぬ》れた窓があり、ぼんやりと緑の輪郭が浮かんでいた。

鉄男はそこにつっ立ったまま、ずいぶん長い時間さとるに見とれていた。色のない頬、淡い珊瑚《さんご》色の唇、耳の上で切った髪。そして白いシャツに深い群青色のセーター。

これは映画だと鉄男は思った。さとるは物語の登場人物のようだと思った。古いフランス映画か、昭和の初めに撮られた美しい邦画のようだと。

鉄男がそこにいることに気づき、慌てふためいた姿も可愛いと思った。慌てた後に「会えて嬉《うれ》しい」と言われた時は、にやけそうな顔を引きしめるのが大変だった。お弁当を持っていると聞いた時は、今すぐにでも抱きしめて裸にしたいと思った。

彼女が愛しかった。

だから部屋に呼んだ時、こちらが真面目に質問しているのに、答えをはぐらかされたのが淋《さび》しかった。妙にお姉さんぶって、鉄男をなだめようとしているのが何となく悔しかった。

そうだ、そこまではよかったのに。

鉄男は再び助手席のさとるをちらりと見た。眠っているのか、彼女の瞼《まぶた》は閉じたままで、ぐったりとシートに凭《もた》れている。白い頬に対向車のヘッドライトが一瞬光る。

いい気なもんだと鉄男は思った。こちらだって丸まって眠り込んでしまいたい。鉄男は見られていない安心感から遠慮のない大きな欠伸をし、視線を正面に戻した。

サークルの連中が押しかけて来たのが失敗だったと鉄男は思った。いや、彼らがあんなふうに突然遊びに来ることはよくあることだ。今女の子が来ているからと言って、追い返せばよかったのだ。

でも考えてみれば、連中を部屋に上げたのはさとるの方だ。まあ、帰ってほしいとは言えなかっただろう。あそこは鉄男の部屋なのだから。

確かに連中の図々《ずうずう》しさには自分もうんざりする時がある。あいつらが喋《しゃべ》ってると、時々、知らない国の知らない言葉がラジオから大音量で流れているような錯覚を起こすことがある。ラジオならスイッチを切れるのにと密《ひそ》かに思う時がある。

もしかしてさとるも、そう感じたのかもしれない。しかしそれにしても、あんなに神経質になることはないのに。嫌ならにこにこ笑ったりせず、不機嫌な顔をすればいいのだ。

それを、あいつらに聞かれるまま馴《な》れ初《そ》めまでペラペラと喋って、そうかと思うと突然黙り込んで、目にいっぱい涙を溜《た》めるのだ。

大したことではないのに、どうして彼女はあんなに常軌を逸したのだろう。

鉄男はまた欠伸をする。眠気がぼんやりと視界を覆う。彼は慌てて首を振った。

さとるが働いていない理由が、鉄男はおぼろげながら分かったような気がした。あれでは大勢の人間の中をうまく渡っていくことは難しいだろう。

女はいいよな。鉄男はふとそう思った。

さとるがもし男だったら、こんなにあっさりとは許されないことだ。女だからこそ「家事手伝い」という身分が許される。もし男だったら、社会にうまく適応できそうもない、という理由だけで無職になることを、家族や世間が認めるだろうか。

しかし彼女はこれからどうするつもりなのだろう。彼女の家には父親はいないようだ。あの、みつるという妹が、いつまでもあの家にいるとは思えない。きっとみつるはそのうち家を出るだろう。

では、さとるは一生あの家に住むつもりだろうか。母親だってそういつまでも働けはしないだろう。もしかしたら、彼女の家は金持ちなのだろうか。家は割合大きいし、敷地も広めだ。遺産でもあるのだろうか。でも、そうだとしたら、さとるのあの痛々しいまでの倹約ぶりは何だろう。

ああそうか。何を考えているのか。鉄男は気を抜くと下りてきてしまう瞼を、手の甲で擦《こす》った。

女には「結婚」という仕事があるではないか。

さとるは女なのだ。外見的にはあまり色気はないが、彼女の内面は、鉄男が今まで会ったどんな女よりも女っぽい。

少しばかり神経症的で他人との付き合いが下手な彼女でも、結婚ならうまくこなせるかもしれない。台所でも夜のベッドでも、彼女はうまくやれるだろう。

彼女はフェラチオがうまかった。完全に慣れていた。気持ちはよかったけれど、複雑な心境だった。経験を積まなければ分からないような所にまで舌を這《は》わせてくれた。

なのに。

鉄男は首を傾《かし》げる。

あんなに手慣れているのに、何故彼女は、自分が受け身になることをあれほど頑《かたくな》に拒否したのだろう。今までの男は、そんなことをしようとはしなかったのだろうか。

鉄男は唇を噛《か》む。女の「やめて」は一種の慎みだと思っていた。けれど、きっぱり本気で拒否されたのは初めてだ。フェラチオを断られた時より、深く傷ついた気がする。人のものは汚くなくて、自分のものは汚いのだろうか。まさかそんな。では、本当は汚いと感じながら義務感で彼女はしてくれたのだろうか。

その時、鉄男はふっと意識が遠のくのを感じた。強烈な睡魔が鉄男をゼリーのように包み込んだ。三秒ほど閉じてしまった瞼を、鉄男は必死でこじ開けた。

その瞬間、ヘッドライトに照らされた夜の道に、小さな動物が見えた。猫だ。光る両目を見開き、両耳を伏せて立ち止まっている。反射的にハンドルを左に切った。歩道に人がいるのが見え、目の前に道路標識がスローモーションのように迫って来るのが見えた。そして鈍く重い衝撃。

ぐったりと目をつむっていたさとるが、短い悲鳴を上げるのを鉄男は聞いた。咄嗟《とっさ》に思ったことは、彼女がシートベルトをしていたかどうかだった。

事故を起こしたのは、初めてだった。

冷静に事に対処しようと努めたが、それがうまくいったかどうか、鉄男は自分自身では分からなかった。

幸い、大してスピードが出ていなかったので、歩道を歩いていたサラリーマンも巻き込まずに済んだし、鉄男もさとるもシートベルトをしていたおかげで、フロントグラスに突っ込まなくて済んだ。被害を受けたのは鉄男の車と、ぽっきり折れてしまった道路標識のポールだけだった。

突然の出来事に鉄男とさとるが放心していると、誰が呼んだのか救急車とパトカーが現れた。どこも怪我していないし、首も頭も痛くはなかったが、とにかく検査だけでもした方がいいと、嫌がるさとるを鉄男は救急車に押し込んだ。そして鉄男は、標識を折ってしまったせいでパトカーに乗せられ、地元の警察署に連れて行かれた。

警察での事情聴取は簡単なものだった。人身事故でもないし、飲酒運転でもない。猫を避《よ》けて左にハンドルを切りすぎたのだと言うと、あっさりそれを認めてくれた。ただ標識は弁償する義務があると言われ、その金額を聞かされて鉄男はがっくり肩を落とした。卒業旅行に使おうと思っていた貯金が、それでなくなってしまう。

警察での用事を終え、車はレッカー車で移動したと聞いたので、鉄男はさとるが連れて行かれた病院に向かった。その時、腕時計の針は十時を指すところだった。

もう帰ってしまっていないかもしれないと思いつつ、鉄男は病院に急いだ。すると救急病棟のロビーのいやに明るい蛍光灯の下に、ぽつんとひとり、さとるは祈るように目をつむって座っていた。

「さとるさん」

声をかけると、さとるはふらっと顔を上げた。

「大丈夫か？　検査はどうだった？」

勢い込んで聞く鉄男に、さとるは静かに首を振る。

「どこも何ともないって」

「そっか。よかった」

「鉄男も検査しなくちゃ」

「俺は大丈夫だよ。どこも痛くないし」

「でもお医者さんが、もう一人の人も検査した方がいいって言ってた。頭とか首は、後から痛くなることもあるからって」

さとるはすがるように鉄男を見上げている。鉄男は壁にある時計に目をやった。十時を十五分過ぎている。事故にあわせたうえに、門限を破らせてしまった。一刻も早く送って行った方がいいだろう。

「今は何ともないから大丈夫。もう遅いから明日にするよ」

「でも」

「明日必ず検査を受けるから」

さとるはぎくしゃくと頷《うなず》き、ちらりと自分の腕時計に視線を下ろした。彼女だって時間を気にしているのだ。

「タクシーで帰ろう。送って行くから。門限破らせちゃったこと俺がお母さんに謝るよ」

さとるはしばらく鉄男の顔を見つめた。彼女の瞳《ひとみ》に水滴が膨らむ。それを零《こぼ》すまいと、さとるは横を向いた。

手をつないで病院を出て、鉄男はタクシーを拾った。彼女を先に乗せ鉄男も乗り込む。ここからさとるの家まで、二十分ほどで帰れるだろう。

さとるを見ると、彼女は唇を嚙みしめ窓の方に目を向けていた。必死で泣くのを堪《こら》えているようだ。鉄男はさとるの肩に腕を回し、頭をそっと自分の肩に抱き寄せた。運転手がミラーからちらりと視線を送ってきたが、鉄男は気にしなかった。

鉄男は彼女の髪に息を吐いた。張っていた緊張の糸がゆるんでいくと、首の後ろにぼんやりと痛みのようなものを感じた。やはり明日、病院で検査を受けた方がいいだろう。

さとるの体のぬくもりを腕の中に感じていると、やはり自分はこの女が好きなのだと鉄男は感じた。今の事故がもっと大きなもので、もしさとるに怪我を負わせていたらと思うと背筋が寒くなった。自分だけなら怪我をしても死んでしまってもかまわない。けれど、彼女の透明な頰にほんの一センチでも傷痕《きずあと》をつけてしまったらと思うと、気が狂いそうだった。

もしさとるにこの事故で、例えば何か後遺症のようなものが残ってしまったとしたら、自分は一生をかけてその責任を取らなくては。

そこまで考えて、鉄男は瞬《まばた》きをした。

責任?

鉄男は、腕の中でぐったりと目を閉じているさとるを見下ろした。熱い息が鉄男の服をかすかに湿らせている。

それはつまり、結婚するということだろうか。

急に現実に立ち返ったような気がして、鉄男はひとつ咳《せき》をした。さとるがふっと目を開ける。二人の視線がぶつかった。

嫌ではない。さとるが好きだ。もちろん、嫌ではない。

しかし何かが引っ掛かった。鉄男が自分の感情の揺れをうまく理解できないうちに、タクシーの運転手は件《くだん》の急坂を登るためにギアを入れ換えた。

タクシーを降りて料金を支払った時、鉄男は腕時計を見た。もうすぐ十一時になる。さすがに憂鬱《ゆううつ》だった。非は完全に自分にあるのだが、あの厳しそうな母親に、さとるを横に乗せている時事故にあってしまったと告白するのは勇気がいった。

さとるは玄関へ続くコンクリートの六段ほどの階段の下に立って、自分の家を見上げていた。かすかに肩が震えている。

「大丈夫だよ。さとるさんは悪くないんだ。俺がちゃんとお母さんに謝ってあげる」

鉄男は後ろからさとるの肩を抱いてそう言った。さとるは答えず、ただそこに立ち尽くしている。するとその時、暗かった玄関の中に灯がついたのが見えた。鉄男はさとるの前に出て、先にコンクリートの階段を上がった。後ろをおずおずとさとるがついて来る。

チャイムに手を伸ばそうとした瞬間、向こう側から玄関のドアが開いた。母親かと緊張したとたん、目の前にみつるの顔が現れた。鉄男はほっと息を吐く。

「みつるちゃん、遅くなって悪かった。実はちょっと車の事故で」

言いかけた鉄男を無視して、みつるは彼の後ろのさとるに言った。

「お姉ちゃんったら、今何時だと思ってるのよっ」

「だから、みつるちゃん。俺のせいなんだ。事故を起こしてね」

「鉄男さんには聞いてない」

みつるがきっと睨《にら》んでそう言った。鉄男は少々むっとする。

「そんな言い方はないだろう。話ぐらい聞けよ」

みつるは鉄男を無視し、腕を伸ばしてさとるの腕を摑《つか》んだ。

「さっさと入りなさいよ。お母さん、怒ってるんだから」

「だからね、みつるちゃん。俺が悪いんだって言ってるだろ。俺がお母さんに謝るから……」

その時、廊下の奥の暗闇から、母親がゆらりと姿を現した。音がしなかったので鉄男はぎょっとしたが、急いで頭を下げる。

「お母さん。すみませんでした。さとるさんが遅くなったのは僕のせいです。車が事故を起こしてしまって」

母親は鉄男の方をちらりとも見なかった。無表情のまままみつると鉄男を腕で押し退《の》け、さとるの腕を摑んだ。そして、あっと言う間に右腕を上げ、それを振り下ろした。

鈍い嫌な音がした。さとるは首を右に傾けうなだれている。露《あらわ》になった左頰がたちまち赤く腫《は》れはじめていた。鉄男は驚いて息を飲む。

「この子は……」

母親はそう呟《つぶや》いたかと思うと、さとるの襟をつかまえ、再び手を振り上げる。

「やめて下さい」

鉄男が止めようとした瞬間に、もうさとるは母親に叩《たた》かれていた。先程より一段と重い音が響いた。

「夕方に帰って来る約束だったでしょう。それに門限は何時なの。何のために時計をしてるの」

そう言いながら、母親はめちゃくちゃに娘の頭を殴りはじめた。さとるは玄関先で頭を抱えてしゃがみ込む。小さく、ごめんなさいを繰り返しながら。

「や、やめて下さい。僕のせいなんです。さとるさんは悪くないんです」

鉄男は慌てて母親を止めようとした。その時初めて、母親が鉄男の顔を見た。彼女のまなじりは切れ上がり、怒りのせいか頬が紅潮していた。鉄男はその燃えるような瞳に言葉を失った。

そのとたん、左頰に何かが飛んできた。耳の下に鋭い痛みが走る。自分も叩かれたのだと気がつくのに、少し時間がかかった。

「来週また来なさい」

母親は鉄男にそう言った。え？　と思った時には、彼女はさとるを引きずって玄関の中に入れようとしていた。みつるがおろおろしながらも、それを手伝っている。さとるはただ泣きじゃくっていた。

バタンと鼻先で玄関のドアが閉められた。鉄男は呆然《ぼうぜん》とそこに立ちすくむ。

ドアの中からは、再び折檻《せっかん》の音と、次第に小さくなるさとるの泣き声が聞こえた。

何度チャイムを鳴らそうと、ドアを乱暴にノックしようと、玄関のドアは開かなかった。

4

子供ですか？

さあ、どうしてつくったのかって言われてもね。

結婚したのに子供をつくらないなんて夫婦は、当時はあまりいませんでしたから、欲しいとか欲しくないとか、そういうことは考えもしなかったですね。だってね、何故結婚するかというと、突き詰めるとそれは子供をつくるためなんですから。もし子供をつくらないのならば、結婚する意味はないようなことを言われる時代だったんです。

でも、もしもう一度生まれ変わることができたら、わたしはきっと子供はつくらないでしょうね。結婚もしないかもしれません。

どうしてかって？　恐いからですよ。わたしは家族というものが、今は心から恐ろしいんです。

家族愛？　ああ、そうですね。否定しません。家族の絆《きずな》というものは、存在すると思いますよ。そこには確かに愛情が潜んでいると思います。

ねえ、先生。だからこそ恐ろしいんですよ。分かりますか？

愛情という名の下《もと》に、他人ならしないようなことも、家族の間では平気で行われるんです。他人なら決して言わないような酷《ひど》いことも家族の間では口にするんです。そして、家という閉ざされた場所では、よその人には見えない恐ろしいことが起こっても、すぐ隣に住んでいる人でさえ、気がつかないんですよ。

わたしは家族のために、ずっと働いてきました。それが義務だったからです。でもそれだけじゃありません。私は家族を愛していたんです。

嘘じゃありません。わたしは本当に家族を愛していたんです。でも、わたしは家族に愛されませんでした。

どうしてでしょう、先生。わたしが何か悪いことをしましたか？

ええ、わたしは恋をしました。不倫とでも浮気とでも言って下さい。

それまでのわたしは、家族のためだけに必死で働いてきました。長い通勤時間に耐え、体調が悪くても休んだことなどほとんどありませんでした。

でもね、先生。いつだか高熱を出して休んだことがありました。その時の家族の態度ときたらなかったです。汚いものでも見るような目でわたしを見て、厭味《いやみ》にも枕元で掃除機をかけるようなこともしたんです。お粥《かゆ》ひとつ作ってもらえませんでした。

そこまで邪魔者扱いされたら、よその優しい人に心を動かされて当然じゃないですか。

ああ、でも、もういいんです。

何もかも、もう遅いんです。わたしが馬鹿だったんです。

あいつらに、いつか誠意が伝わるなんて思っていたわたしが馬鹿だったんです。

鉄男は大学の構内を、ウィンドブレーカーのポケットに手を入れ、寒さに首をすくめて歩いていた。知り合いとすれ違うと、口の端だけで笑ってみせる。けれど、その笑顔はすぐ憂鬱《ゆううつ》に曇る。だらだらと歩いていると、後ろから誰かにドンと背中を押された。

「どしたの？　しけた顔して」

振り向くと、同じサークルの女の子が笑顔で立っていた。北風の中で彼女の頰は上気し輝いている。息が弾んでいるのは、走ってでも来たのだろうか。

「健康そうだなあ、お前」

そう呟くと、彼女は弾《はじ》けるように笑いだした。

「なに言っちゃってんのよ。学食の窓から外見てたら、鉄男が背中丸めて歩いてるじゃない。あまりの辛気くささに、思わず元気づけてあげようと思って来たのに」

「それはどうも」

「ねえねえ、事故ったんだって？」

彼女は嬉《うれ》しそうに鉄男のまわりをぐるぐる回った。元気の余った子犬のようだ。答えないでいると、彼女は鉄男を肘《ひじ》で小突いた。

「隣にあの時の彼女乗せてたんだってね？　怪我はなかったって聞いたけど、大丈夫？」

鉄男はこっくり頷《うなず》く。先日鉄男のアパートに押しかけて来た友人達の中に彼女もいたのだ。しかし、男友達ひとりに話しただけなのに、何故彼女までそんなことを知っているのだろう。みんな話題に飢えてるんだなあと鉄男は思った。

「元気ないわねえ。鉄男も大丈夫だったんでしょ？」

「うん」

「車は廃車にしたんだって？　ま、もともと走ってるのが奇跡みたいな車だったもんね。あれって倉田《くらた》先輩から十万円で買ったんでしょ。もう充分減価償却したわよ。落ち込むことないって」

「うん」

「でも、道路標識の弁償金が高いんだってね。ねえねえ、いくらだったの？　十万？二十万？」

鉄男はただ「ひみつ」とだけ呟《つぶや》いた。そのとたん、先程と同じように痛いぐらい背中を叩《たた》かれた。

「覇気がなさすぎ。そんな鉄男は魅力ない」

彼女は本気で怒ったような顔をしている。鉄男は苦笑いをした。

「あ、笑った笑った。そうそう、元気出して。可哀想だからお茶奢《おご》ってあげる。急いでるの？」

「いや、帰ろうかと思ってたとこ」

「じゃ行こう。バンブーのホットショコラ飲もう」

そう言ったかと思うと、彼女は鉄男の腕を取って早足で歩きだした。鉄男は仕方なく歩調をあわせた。

彼女とは、一年生の時にほんの半年ほど付き合っていたことがある。鉄男や彼女達が言うところの〝付き合っていた〟というのは、電話をかけあい、デートをし、プレゼントをしあって、セックスをする。ただそれだけのことを指す。

そういう関係を半年で解消した理由は、簡単だった。彼女に、鉄男以上にそういうことをしたい相手が現れたからだ。別に異存はなかった。半年間楽しかったけれど、それを失ってしまうことが惜しいわけでもなかった。どうぞどうぞ、と読んでしまった漫画週刊誌を隣の人に差し出すように、鉄男は彼女を手放した。誰も傷つかなかった。だから彼女とはそれからずっとフランクな友達である。

「ねえねえ、この前の彼女とうまくいってるの？」

店に入って腰を下ろしたとたんに、彼女は目を輝かせて聞いてきた。鉄男は笑っただけで返事をしなかった。

「私、びっくりしちゃった。鉄男があああいうおとなしそうな人と付き合うとは思わなかった」

「別にあの人は、おとなしくないよ」

鉄男は煙草に火を点《つ》けながら答えた。

「ふーん、そうかもね。意外に堂々とのろけてたし」

運ばれてきたカップに彼女が口をつけた隙に、鉄男は店の中をさっと見渡した。こんな所にさとるがいるわけはなかったが、他の女の子と二人きりでいるところをさとるに見られたくなかった。大学の前にある喫茶店なので、店の中は学生しかいないようだ。

「それで鉄男、車どうするの？」

彼女は急にそんなことを聞いた。

「どうって、廃車にしたよ」

「そうじゃなくて、新しいの買わないの？」

「買わない」

「どうして？　車なかったら不便じゃない。買い物とかデートとか」

素朴に言う彼女の丸く見開かれた目を見ながら、鉄男はホットショコラをすった。甘い。でも甘いものは嫌いではない。

鉄男は少し考えてみる。確かに車がないとさとるの家に行くのは不便だ。けれど、道路標識の弁償金を払ってしまったので、貯金はもうない。春になれば嫌でも働かなくてはならないのだから、今更バイトをする気にもなれない。

「彼女だって、車がなきゃって思ってるわよ」

からかうようにその子は言った。鉄男はふと思いついて聞いてみた。

「なあ、あの子のことどう思う？」

「どうって？」

「怒らないから、ここだけの話、正直に思ったこと言っていいよ。どういう印象がした？」

「どうしてそんなこと聞くわけえ？」

語尾を伸ばして彼女は唇を尖《とが》らせる。

「いやまあ、ちょっとね。いろいろ苦戦してんだよ、俺」

そこで彼女はぷっと吹き出した。

「やっぱりね」

「やっぱり？」

「ちょっと変だもん、あの人」

あっさり彼女は口を割った。

「ああいう人、クラスに必ずひとりぐらいはいたわよ。おとなしそうに見えるし、実際目立たないんだけど、話してみるとすっごく変なの。もうすっかり自分の世界って感じで」

鉄男はふーんと感心してみせる。

「でも男の子には分かんないみたいで、意外と人気があったりするのよね。でも女の子の間では嫌われちゃうの」

「どうして？」

だってね、と彼女は少し考える顔をした。

「一言で言うと協調性がないのよ。学校のクラスとか、自分の意志じゃない所に無理に集められた時は、まわりの人とうまーく話をあわせておけばいいのに、それができないのよね。何事も真剣になっちゃって、誰とでも友達になりたい、誰にも嫌われたくないって思うからいけないのよ」

鉄男はショコラを飲みつつ頷いた。

「あの人がそういう人かどうか本当のところは知らないけど、そういう感じがした。私は苦手だなあ。ああいう人って息苦しい」

そう言ってしまってから、彼女はペロリと舌を出した。

「鉄男の彼女のこと、悪く言ってごめんね」

「いいんだ。聞いたのは俺なんだし、それって結構当たってるかもしれない」

そうなの？　と彼女は首を傾《かし》げた。鉄男は微笑んで肩をすくめる。

「あ、雪」

彼女が窓の外を指さしてそう言った。確かにひらひらと白いものが舞っている。けれど彼の田舎の雪とは違う。地面に到着する前に、消えてしまうような儚《はかな》い雪片だ。

再び憂鬱な気分が襲ってきた。それは気楽だった学生生活の終わりを感じているせいもあるし、先日起こした事故で車を失ってしまい、弁償金を払ったためにバイトで貯めていた金がなくなってしまったせいもある。

そして何よりの憂鬱《ゆううつ》の種は、今日が木曜日であることだ。

あの事故の夜、鉄男がさとるを送って行った時、怒りに燃えた母親が言った。来週また来なさいと。

あれから一度だけ、さとるから留守番電話が入っていた。もし時間があったら、木曜日の五時頃に来て下さいと。鉄男からは、さとるに電話をしていない。するのが何となく恐かったのだ。それは、自分の気持ちが定まらない不安からだった。

行こうか行くまいか、鉄男はまだ悩んでいた。

さとると別れたいのであれば、今目の前に座っているかつての恋人でも誘って、どこかに遊びに行ってしまえばいいのだ。そうすればきっと、さとると別れる決心がつくだろう。もう彼女の神経症的な性格や、あの厳しい母親のことで悩まないで済む。

鉄男は深い溜《た》め息をついた。

テーブルを挟んで座っている彼女が、眉間《みけん》に皺《しわ》を寄せるのが見えた。彼女は、うじうじしている人間が大嫌いなのだ。

結局鉄男は、店を出ると彼女と別れた。

やはりさとるのことは、読み終わった漫画週刊誌のように捨ててしまうことはできない気がした。

先程降りはじめた雪は、まだひらひらと舞っている。喫茶店を出る時、鉄男が「積もるのかな」と呟《つぶや》くと、彼女は笑って言った。年内に雪が積もるなんて、この辺じゃまずないわよと。

鉄男は急坂を息を切らして上がりながら、借金してでも原付を買おうと思っていた。そして、毬谷家の女達のことを思う。どうして彼女達は、毎日自分の足でこの急坂を上がっているのだろうか。車を使おうという発想はないのだろうか。せめてスクーターにでも乗ればいいじゃないか。それとも、女という生き物は、弱そうに見えて案外体力があるのかもしれない。こんな坂、ちょっとした運動にちょうどいいとでも思っているのだろうか。

鉄男は坂を上がりながら、もし自分がさとると結婚したら、という想像をした。もし結婚して坂の頂上のあの家に暮らし、毎日この坂を下って仕事に行き、この坂を上がって家に帰るとしたら。

少し想像しただけで、背中がぶるっと震えた。そんなことを考えるのはやめよう。もう何も考えるのはやめようと、鉄男は足を速めた。

さとるの家の玄関に着いたのは、約束の五時の少し前だった。鼻をすすり、手土産の鯛焼《たいや》きの袋を持ち直し、鉄男は意を決してチャイムを押した。

スリッパの音がドアの向こうから聞こえる。開けてくれるのはきっとさとるだろう。ゴホンとひとつ、鉄男は咳《せき》をした。

い。

「いらっしゃい」

ドアを開けたのは母親だった。予想していなかった事態に、鉄男は慌てて言葉が出な
「あ、あの、どうも」

母親は落ちつきはらった顔で、鉄男を迎えた。

「雪の中、すみませんでした。さ、入って」

母親は鉄男のために来客用のスリッパを揃えて置いた。笑顔ではなかったけれど、今日の彼女はずいぶんと言葉も態度も柔らかいように感じられた。しかし鉄男は靴を脱がず頭を下げた。

「今日はお詫《わ》びに来ただけなんです。すぐ帰ります」

母親は無表情に鉄男の顔を見た。

「先日は本当にすみませんでした。さとるさんを乗せている時、僕が居眠り運転をして事故を起こして、それで門限までにさとるさんをお送りすることができなかったんです。全部僕が悪いんです。さとるさんはひとつも悪くないんです。すみませんでした」

鉄男は深く頭を下げる。

「いいから上がって下さいな」

「いえ、今日は帰ります」

「上がって下さい。私からも話があるんです。だから呼んだのよ」

鉄男は一度顔を上げ、再び頭を垂れた。

「お母さんが、僕とさとるさんの交際を反対するのもよく分かります。僕のような軽薄な男に、大切な娘さんを任せるのが不安なのもよく分かります。でも僕は浮ついた気持ちでさとるさんと付き合っているわけではなくて」

「上がってって言ってるんだから、うだうだ言わずに上がりなさい」

鉄男の言葉を遮って、母親はピシャリとそう言った。人にそうやって叱りつけられるのはめったにないことだったので、鉄男は思わず息を止める。くるりと背中を向けて、母親はリビングのドアに向かった。鉄男は慌ててスニーカーを脱ぎ、スリッパに足を入れた。

さとるはいるのだろうかと思いながら、鉄男はリビングのドアから中を覗《のぞ》く。そこにさとるの姿はなく、母親が目だけでキッチンの椅子に座るように鉄男を促した。鉄男は素直にそこに座り、お茶を淹《い》れる母親の姿をちらちらと目で追った。

彼女は、淡いグリーンのタートルネックのセーターと、黒い厚地のスカートを穿《は》いている。ごく普通の格好だけれど、田舎にいる自分の母親に比べたら百倍はお洒落《しゃれ》だ。化粧の色味はないけれど、肌はきれいだ。唇には娘と同じようなピンクベージュの口紅が塗ってあり、この前は掛けていなかった細い銀縁の眼鏡を掛けていた。いったいこの人はいくつなのだろうと鉄男は思った。

「体の具合はどう？」

ふいに振り返って、母親がそう聞いた。鉄男は反射的に背筋を伸ばす。

「か、体ですか？」

「車が道路標識に突っ込んだんでしょう？　さとるはどこも何ともないようだけど、あなたはどうなの？　病院へは行ったの？」

小学生に難しい質問をするように、母親はゆっくりはっきりそう質問してきた。子供扱いされたのが恥ずかしくて、鉄男は赤くなって下を向く。

「大丈夫です。レントゲンも撮りましたけど、どこも問題ないみたいです」

「そう。でも後から首や頭が痛くなったりすることもあるみたいだから、気をつけてね」

母親は鉄男の前にお茶を置いた。日本茶のいい香りが鼻をくすぐる。そのとたん、鯛焼きを持って来たことを思い出した。

「あの、こんなもので何なんですけど……」

鉄男が鯛焼きの袋を差し出すと、母親はそれを受け取り中身を見て、明らかに苦笑いを浮かべた。ケーキとかクッキーにすればよかったと鉄男は後悔する。

「ありがとう。後で食べましょう」

「……すみません」

「どうして謝るの？」

鉄男は答えられず絶句する。ＢＧＭの何もない部屋に気まずい空気が漂った。鉄男はもぞもぞと尻《しり》を動かしうつむいた。

　母親は鉄男の正面に静かに腰を下ろした。さとるから、母親は学校の先生だとは聞いていたが、こんなふうに向き合うと、確かに生活指導の教師と向き合っているような感じがした。

「この前もそうだったわね」

「は？」

「さとるが門限に遅れたのは、確かにあなたにも少しは責任があるのでしょうけど、一番悪いのはさとるが家に電話を入れなかったことよ。事故にあったのならあったと、一本電話を入れればよかったのよ」

「いえ、あの、さとるさんは気が動転していたんだと思います。僕が気がついて電話をかけさせれば」

「それが違うって言ってるの」

　ピシャリと母親は言った。鉄男はまた反射的に背筋をピッと伸ばす。

「そんなにさとるを庇《かば》ってどうするの？　うちの子は男の子に言ってもらわないと電話もできない子なの？　もうあの子は二十四よ。自覚がなさすぎるわ。子供なのよ。あんまりあの子を甘やかさないで」

　きつく言われて、鉄男はごくりと息を飲む。母親の言っていることはどこか間違っているような気がしたが、鉄男にはそれがよく分からなかった。

「すみませんでした」

とりあえず鉄男はそう言った。しかし口にしたとたん、また「どうして謝るの？」と責められそうでビクリとする。しかし母親は怒らなかった。眼鏡の下の両目をつむり、腕組みをして何やら考えている様子だ。

その隙に、鉄男は彼女を観察する。いったい母親は何を言いたいのだろう。さとるとの交際を反対しているのか賛成しているのかさえ、鉄男にはよく分からなかった。

ふと母親が目を開けたので、視線があってしまった。鉄男は慌てて目をそらし、湯飲みに手を出した。お茶を飲む鉄男の向こうで、彼女が微笑んだような気がしたが、鉄男は彼女の方を見るのが恐かった。

「アサヒ製紙ですって？」

母親がふいにそう言った。鉄男は何を言われたのか咄嗟《とっさ》に判断できなくて、きょとんと彼女を見てしまった。彼女は優雅に湯飲みを持ち上げお茶を啜《すす》っている。

「わりと大手じゃない。すごいわね」

「……あ、いえ」

やっと自分の就職先の話をしているのだと鉄男は気がついた。誰が話したって、それはさとるに決まっている。さとるは鉄男のことを何もかも母親に話しているのかもしれないと思うと、さすがに嫌な気持ちがした。

「会社はどこにあるの？」

「新橋です」

「じゃあ、ここから通うのは大変ね」

「ええ、もう少し都心の方に部屋を借りようかとは思ってるんですけど」

「でも転勤なんかはないわよね」

「そうですね。本社採用ですから」

「ご出身は新潟でしたっけ」

「そうです」

「ご兄弟はいらっしゃるの？」

「五歳上の兄がいます」

会話は穏やかに進んだ。鉄男は余裕を取り戻し笑みを浮かべる。というより、鉄男は今にも吹き出しそうな自分を堪《こら》えていた。娘の恋人が、将来結婚するにふさわしい男かどうか探りを入れているのだと分かったからだ。

実家が営んでいる小さな製麺《せいめん》工場のこと、高校生まで過ごした田舎での学校生活のこと、大学での生活のこと、果ては大学で獲得した「優」の数まで、鉄男は聞かれるまま自分のことを話した。母親は真面目な顔で鉄男の話に相槌《あいづち》を打つ。

一通りの話が終わると、母親はぽつんと言った。

「さとるは難しい子です。そう思わなかった？」

鉄男は頷《うなず》こうかどうしようか迷った。決めかねているうちに、母親は再び口を開く。

「あの子は小さい頃からおとなしくて聞き分けのいい子だったのよ。成績もいいし、妹のみつるの面倒もよくみて心の優しい子なの」

ストレートに自分の娘を褒める母親に、鉄男は一瞬戸惑いを感じた。しかし、すぐ自慢をしているわけではないことに気がついた。母親は娘のさとるを「困った子だ」と思っているからこそ、そうやっていいところを並べ立てているのだ。

「でも、どこか育て方を間違ったのかもしれない」

ひとつ首を振って母親は言った。

「あの子は世間をうまく渡っていけないの。他人様《ひとさま》の前だと、あの子は異常なくらい緊張してしまうみたい」

鉄男は、今度は小さく頷いてみた。母親はそんな鉄男を見て、淡い笑みを浮かべた。優しく弧を描く下瞼《まぶた》と目の縁の柔らかな皺《しわ》。鉄男は思いもよらず、母親のその笑顔にみとれてしまった。

「でも、あなたの話をする時は、さとるはとても生き生きしているように見えるわ」

「……そうですか」

鉄男は額に汗をかいていることに気がついた。部屋は大きな石油ストーブのせいで、暑いほどだった。先程の余裕がいつの間にかどこかへ消えてしまった。もし今、母親に「さとると結婚してくれないか」と頼まれたらどうしようと思うと、鉄男は心底困っていた。勢いで頷いてしまいそうだ。

「この前、あんなお恥ずかしいところを見せてしまって、それでこんなお願いをするのも何なのだけど」

きたぞ、と鉄男は思った。耳を塞《ふさ》いで机の下にもぐり込みたかった。

「あの子にね」

「……はい」

「もう少し世間ってものを教えてやってくれないかしら」

意外なことを言われて、鉄男は返事をしそこなう。

「は？」

「家事手伝いなんかして、家にずっといるでしょう。ストレスも溜《た》まってると思うのよね。少し外に連れ出してやってくれないかしら。春まではもう暇なんでしょう？」

にっこりと微笑まれて、鉄男はどぎまぎと下を向いた。予想していたこととまったく違うことを言われて、どうしたらいいか分からなくなってしまった。

「ええと、あの」

「もちろん、門限は守ってもらわないと困るけど」

はい、と鉄男は辛うじて返事をした。それは願ってもないことではあったけれど、まさかこの母親にそんなことを頼まれるとは思わなかった。

「あら、もう六時ね」

その時母親が壁の時計を見上げて言った。帰れということだろうと察して鉄男は立ち上がる。

「では、あの、今日はこれで」

「あら、まだいいでしょう。さとるに会っていって下さいよ」

「いや、でも……」

「シチュー作ってあるから、お夕飯も食べていって」

その時、リビングの扉のノブが、カチリと音をたてて回り、そして開いた。さとるがそっと顔を出した。その表情は、泣き笑いのような、とても今、このままさとるをこの家に置いて帰ることはできない、表情だった。


既に準備はできていたらしく、食卓の上にはすぐにサラダや温められたシチューが並べられた。さとるが階段の下から声をかけると、不貞腐《ふてくさ》れた様子のみつるが二階から下りて来た。

ジーンズのポケットに両手を入れたみつるは、鉄男の顔を見て意味深に笑ったが、あとは表情を消してしまった。そして四人は食卓を囲んだ。

もしやとは思ったけれど、食事をはじめると毬谷家の三人の女は一言も口をきかなかった。ただ黙々と食事を口に運んでいる。もちろんテレビも点《つ》いていないし、音楽もかかっていない。彼女達にはお客を接待するという感覚がまったく欠如しているのか、それとも鉄男を客と思っていないのかどちらだろうと鉄男は思った。

「シチュー、おいしいですね」

せめて、みつるが話に乗ってくれればいいと思いながら、鉄男はそう口にしてみた。けれどみつるは知らん顔でスプーンを動かしている。

「さとるが作ったの」

意外にも母親が答えた。ぶっきらぼうな言い方だったが、無視されるよりはマシだった。

「これってビーフシチュー？」

こういう場合、さとるに対して敬語を使った方がいいのだろうかと悩みつつも、鉄男はいつもの調子でそう聞いた。

「うん。でもトマトが沢山入ってるの」

ためらいがちにさとるが答える。

「そっか。外じゃこういう味のシチュー食べたことないな。オリジナル・レシピなわけ？」

さとるが口を開きかけたとたん、母親が指でカツンとテーブルを叩《たた》いた。それを合図にしたかのように、さとるは睫毛《まつげ》を伏せて黙り込む。

この家では食事中に口をきいちゃいけないんですか、と素朴に聞いてやろうとしたが、鉄男は思い止《とど》まった。あまりにもさとるがビクビクしているようなので、今日はおとなしくしていようと思ったのだ。何せ今日は謝りに来たのだ。喧嘩《けんか》をしに来たのではない。

四人の人間が上品に食事を摂《と》る音と、石油ストーブの芯《しん》が燃えるかすかな音がする他、何も音は聞こえなかった。しかし、鉄男もこの静けさに多少は慣れつつあった。

鉄男は食事をしながら、三人の女をちらちらと観察した。こうして見ると彼女達は結構顔が似ていた。人間のタイプが違うので、別々に会うとどこが似ているのかよく分からないが、並べて見ると血が繋《つな》がっている母娘なのだとよく分かった。

まず骨の感じが似ている。特に頬のあたり。一番頬骨が高いのが母親で、次は妹のみつるだ。さとるは一番顔の輪郭が柔らかいが、切れ長の目は母親にそっくりだ。妹のみつるははっきりした二重瞼《まぶた》で、人形のように睫毛が長い。

肌の感じも三人ともよく似ていた。もちろん母親の肌は歳をとってくすんではいるが、それでも同世代の女性よりはキメの細かな白い肌だ。ミルクに一滴青いインクを落としたような、よくいえば透明感がある白で、悪くいえば顔色が悪い。口許《くちもと》も似ている。顎《あご》の尖《とが》り具合も似ている。鼻はそれぞれ違うようだ。

そして三人とも驚くほど姿勢がよかった。背筋がピンと伸びていて、それに無理が感じられない。そして彼女達は変に行儀がいい。一見行儀の悪そうなみつるも、箸《はし》をきちんと持ち、サラダのきゅうりをつまむ様子は優雅とさえいえる。まるでマナー教室のビデオを見ているようだ。

父親が厳格な人だったのだろうか。ふと鉄男はそう思った。いや、鉄男はその考えを否定した。鉄男の父親もわりに口うるさい男だったが、それだけに父がいない時は、母や子供達はリラックスして話が弾んだものだった。

ではやはり、厳しいのはこの母親なのだ。もしかしたら彼女達には最初から父親がいないのかもしれない。だから、片親に育てられたからと世間から後ろ指をさされないよう、必要以上に母親は厳しくなったのだろうか。

そんなことをつらつらと考えながら、目の前の醬油《しょうゆ》を取ろうと腕を伸ばした時、右側に置いてあった空の小鉢が押され、テーブルから滑り落ちそうになった。

あっと思って手を出した時には遅く、それは床に落下し鈍い音をたてた。そのとたん、三人の女が同時にびくりと肩を震わせた。

「す、すみません。落としちゃって。あ、大丈夫です。割れてないです」

三人の女の目が、鉄男に注がれる。その目には明らかに「おどかしやがって」という非難の色があった。

鉄男はすごすごと小鉢を拾い、うなだれて食事の続きをした。食器を落としたぐらいで何故そんな顔をされなければいけないのだろう。

四人はほぼ同時に食事を終えた。御馳走《ごちそう》さまでした、と幼稚園児のように声を揃えて生真面目に言うと、さとるが立ち上がり片づけはじめた。

「あ、手伝うよ」

鉄男が腰を浮かせかけると、母親が「いいのよ。当番なんだから」と無表情に言った。

「でも、御馳走になりましたし」

「じゃあ、次からお願いします。さとる、洗うのは後にしてお茶をいただきましょう。そうだ、鉄男君が持って来てくれた鯛《たい》焼《や》きがあるのよ」

そこでみつるが無言で席を立つ。流し台の横のワゴンの上に置かれた鯛焼きの袋を取り上げて開けてみる。

「冷めちゃってる。温めようか」

みつるがそう言って母親を振り返る。

「そうね。蒸し器でやる？」

「やあだ、お母さん。電子レンジでやれば一分だよ」

「ああ、そうね。その方が早いわよね」

「お母さんって、何でも蒸し器であっためようとするよね。この前なんか、こーんなちっちゃいお饅頭《まんじゆう》一個、あっためてたでしょ」

そこで女三人は、小さく声をたてて笑った。鉄男は目を見張る。母と娘が同時に笑ったからといって何も驚くことはないのだが、鉄男は意外なことに目をぱちくりさせた。女三人寄ればかしましいはずなのに、彼女達にはそういうところが見えなかったせいだろう。

変な母娘だと思っていたけれど、電子レンジであつあつになった鯛焼きを食べている姿は、普通の母娘に見えた。あいかわらず言葉少なではあるけれど、この鯛焼きは餡《あん》が尻尾《しつぽ》まで入っていると言って微笑む姿は、先程の緊張感溢《あふ》れる食事風景とは別の母娘のようだ。

彼女達は非常に仲が悪いのだと鉄男は思っていたが、それは思い過ごしだったのかもしれない。そこにあるのは少々厳しい母親と、少々マザコンの姉、そして少々ひねくれ者の妹という感じだ。

「あら、灯油がないみたい」

母親がストーブを振り返って言った。石油ストーブの芯が黒くなって消えている。

「みつる、灯油入れて来て」

鯛焼きを一番に食べ終えていたみつるに、母親が言った。みつるは面倒な顔をしながらも立ち上がる。

「あ、手伝うよ」

鉄男は今度こそ立ち上がった。

「いいわよ。当番なんだから」

みつるがふざけた口調で言う。すると母親が「悪いわね、鉄男君」と声をかけた。手伝え、ということなのだろう。

ストーブからカセット式の容器を外し、みつると鉄男は玄関に向かった。彼女はドアを開けたとたん「わあ」と感嘆の声を上げた。

雪が積もっていた。

垣根や道路への階段や、見下ろす坂の下の家々の屋根にこんもりと白い雪が積もっている。といっても積雪三センチというところだろう。音がしないので、雪のことをすっかり忘れていた。

「雪、雪」

少女らしい無邪気な笑顔で、みつるが鉄男を振り返る。鉄男はただ微笑んで頷《うなず》いた。

「雪だってば」

「見れば分かるよ」

「十二月に積もったのなんて初めて見た」

みつるは玄関から外に出て、庭に向かって楽しげに雪を踏んで歩いた。鉄男もそれに続く。

「うちの田舎は、もうとっくに積もってるよ」

「あ、そうなの？　どこだっけ？」

「新潟」

「ふーん。じゃあ雪なんか珍しくもないわけね」

「でも、その冬に初めて降る雪は、やっぱりわくわくするよ」

うーさぶいと笑いながら、みつるは庭の隅にある物置の戸を開けた。赤いポリタンクからポンプを使って灯油を入れようとしたので、鉄男はその役を代わった。

シュコシュコと音をたてて灯油をカセット容器に入れながら、後ろにいるみつるに鉄男は聞いた。

「そういえば、みつるちゃん。今日休みだったの？」

考えてみれば、夕方の六時にみつるが家にいるのは早すぎる。

「心配だから休んだのよ」

「え？」

振り返ると、みつるが大きな息を吐いたところだった。

「今日、泊まっていく？」

「まさか。もう帰るよ」

「でも雪が積もってるよ。坂、滑りそう」

「東京の雪なんか、雪のうちに入らないよ」

みつるは、腕を組んでじっと鉄男を見つめていた。深刻というよりは、同情しているような眼差《まなざ》しだ。

「お母さん、きっと泊まってけって言うよ」

「ええ？　まさか」

「言うって。そしたら鉄男さん、どうする？」

家の中に聞こえないように、みつるは小声でそう聞いた。

「どうするって、帰るよ」

興味深い家族だとは思うけれど、さすがにいろいろ気を遣って疲れてしまった。自分の部屋に帰って眠りたい。

「泊まってってよ」

懇願するようにみつるは言った。

「どうして？」

「お姉ちゃんが可哀相だよ」

「可哀相って……どういうこと？」

みつるは下唇を噛《か》み、答えようとはしなかった。くるりと後ろを向き、玄関に向かって行ってしまった。

わけが分からなかった。いったい彼女達は何を考えているのだろう。自分にどうしてほしいのだろう。何を求めているのだろう。

やや呆然《ぼうぜん》としてそこにつっ立っていると、リビングの厚いカーテンが開き、暗かった庭が部屋の灯に照らされた。リビングから庭に向かう大きなガラス戸が開かれ、母親とさとるが顔を出した。

「あ、ほんと。積もってる」

さとるが明るい声でそう言った。母親も少しだけ顔を綻《ほころ》ばせ、空からひらひらと舞い落ちる雪を見上げた。そして、物置の前に立っている鉄男に視線を向けた。

「きっと、坂が滑るわよ」

母親は言った。さとるは母親の顔をちらりと見る。

「鉄男君、今日は泊まっていきなさい」

何のためらいもなく、すぱっと母親はそう言った。鉄男はさとるの顔を見る。さとるは反対するだろうか、賛成するだろうか。

鉄男の視線に気づいたさとるは、怯《おび》えたように下を向いた。鉄男は足元の灯油の容器を持ち上げ、息を吐いた。

乗りかかった船、というより、毒をくらわば皿までだと思った。


その後、鉄男はさとるの部屋に閉じ込められた。

といっても鍵《かぎ》を掛けられ監禁されたわけではない。ビールとつまみとパジャマを与えられ、ではおやすみなさいと戸を閉じられてしまったのだ。

鉄男はしばらく呆然と、さとるの部屋のベッドの上に座っていた。時間はまだ八時半である。鉄男が眠るのは、いつも夜中の二時か三時だ。こんな時間に寝ろと言われても困る。それに、さとるの部屋にはテレビはもちろんラジオもないのだ。

やはり帰りますと言って、無理矢理帰ることはできるだろう。けれど、先程みつるが言っていた「お姉ちゃんが可哀相」という言葉が胸に引っ掛かった。

「一晩ぐらい我慢すっか……」

ベッドの上に置いてある大きなクッションに凭《もた》れ、鉄男はひとり呟《つぶや》いた。他にすることもないので、与えられたビールを飲み、手作りらしいマリネを口に入れる。

すると、近くでトイレの水が流れる音がした。誰かが二階のトイレを使ったのだ。一階のトイレはずっと前から壊れていて、まだ直していないと前にさとるが言っていたのを思い出す。便所ぐらい行ってもいいんだろうな、と鉄男は呟いた。

　この扱いは明らかに、もう部屋から出て来るな、ということだろう。だったら泊まっていけなどと言わなければいいじゃないかと鉄男は膨れた。

　彼女達は何をしているのだろうと鉄男はぼんやり思った。まさか、この家の消灯は門限の十時なのだろうか。さとるはどこで眠るつもりなのだろう。もしかしたら、夜中にでもやって来てくれるのだろうか。

　鉄男は床に音をたてないよう、静かにベッドから立ち上がった。そして前にさとるの部屋にひとりで残された時と同じように、部屋の中を見渡した。視線は自然とさとるの机の引き出しに吸い寄せられる。

　他人の部屋の引き出しを開けるなんて、自分は決してしないと思っていた。けれど、こうやって平気で部屋に自分を軟禁したということは、見られてはまずいものはこの部屋にはない、という解釈もできる。さとるをはじめ、彼女の家族のわけの分からなさが鉄男の精神状態を大きくずらしていた。鉄男はそっと机の一番上の引き出しに手をかけ、それを引いてみた。

　力を入れても引き出しはぴくりとも動かなかった。鍵が掛かっているのだ。鉄男は苦笑した。鉄男はそれでほっとした。

　そこで大きな欠伸《あくび》が出た。まだ九時だというのに、眠気がぼんやりと視界を覆ってくるのを感じた。やはり精神的に疲れたのだろうか。

本でも借りて読もうかと、鉄男は本棚を眺めた。いつもと本の量も位置も変わっていない。しかし、この前見た時には気がつかなかったが、端の方に薬学の本が三冊ほど並んでいた。難しそうな本ばかりで、鉄男の興味をひくものではなかった。昔ベストセラーになった有名タレントのエッセイを見つけ、それに手を伸ばしかけたが、棚のかなりの部分を占める心理学の本に目がいった。よく見ると、大学の教科書のような分厚い本に付箋《ふせん》が沢山ついている。きっと彼女はこれらの本を熱心に読んで勉強したのだろうと鉄男は思った。

タレントのエッセイはやめ、鉄男は付箋のついた本の一冊を抜き取った。そしてベッドの上に寝転んでその本を広げてみる。

それは心理カウンセラーが書いた臨床例の本だった。付箋は沢山ついているけれど、書き込みはない。

二本目のビールを飲みながら、鉄男はその本を読みはじめた。そのとたんまた大きな欠伸が出る。

分厚いその本の序章を読み終わらないうちに、鉄男はいつの間にか眠りに落ちていた。

ふと目を開けると、あたりは暗かった。まだ夜中だ、と鉄男は眠りから覚めきらない頭で思った。そして再び目をつむる。その時、誰かの手が鉄男の頬を撫《な》でた。柔らかく小さな動物がそっと寄り添ってきたような感触だった。

再び鉄男は目を開けた。暗い天井のその前に、人の黒いシルエットがあった。ベッドの端に腰掛け、鉄男を見下ろす二つの目が、かすかに闇の中で光っている。

「さとるさん？」

呼びかけると彼女は、再び鉄男の頬を手の甲でするりと撫でた。引っ込めようとした手を鉄男はつかまえ、自分の方に抱き寄せる。何の抵抗もなく、さとるは鉄男の腕の中に収まった。

さとるは服を着ていなかった。鉄男は少しの驚きと、期待どおりだった喜びに満たされていくのを感じた。ストーブの消えた部屋は冷気に沈み、彼女の肌は冷えきっていた。雨に濡《ぬ》れて震える子犬をタオルで包むように、鉄男はさとるの体を抱きしめた。自分のものがあっという間に起立していくのが分かった。

もどかしく服を脱ぎ捨て、鉄男はさとるの白い膝《ひざ》を割った。彼女の絹のような短い髪に指をかき入れ、耳の後ろの皮膚を吸った。

鉄男は夢中になった。一人の女に、それもマザコンで神経症的で、暗い目をしたヘビーな女に、何故こんなにもはまってしまったのだろうと、鉄男は頭の隅でちらりと思う。けれどそんな思いは、さとるが白く光る喉《のど》を反らせ、湿った息を吐いた瞬間に忘れてしまった。

いつも財布にひとつ入っているコンドームのことも、廊下の向こうの部屋には彼女の家族が眠っていることも忘れていた。

さとるはベッド脇の窓に掛けてある、厚いカーテンをそっと開けた。ひんやりした空気が胸を刺激し、乳房がきゅっと痛むのを感じた。

窓の外を覗《のぞ》き込む。十二月の午前四時の空は、まだ深い藍《あい》色の闇に包まれている。けれど、うっすらと積もった雪が、街灯の光を映して窓の外はほのかに青白い。

さとるは耳を澄ます。何も聞こえない。遠くを走る車の音も、新聞配達のバイクの音も、どこかの犬が吠《ほ》える声も、いつも耳にするような音が何も聞こえなかった。雪には音を吸い込む作用でもあるのだろうか。

そう思った時、後ろでベッドの軋《きし》む音がした。さとるが振り返ろうとするより一瞬早く、後ろから鉄男が覆いかぶさるように腕を回してきた。

「また、こんなに冷えてる」

耳元で彼が囁《ささや》いた。さとるはただ微笑んで、回された鉄男の腕に頬をつける。鉄男は毛布を取り上げ、自分とさとるをくるむようにして包んだ。そして二人して、しばらく黙って窓の外を眺めていた。屋根も坂も庭木も電柱も、白い毛布をかぶりぐっすりと眠っているようだ。

さとるは目を閉じ、背中から伝わるぬくもりに身を預けた。首筋に彼の温かい息がかかる。

「俺は、さとるさんが好きだよ」

鉄男がそう呟いた。首を曲げて振り返ろうとしたが、がっちりと抱きしめられた体は動かなかった。

「この家を出た方がいい」

今度の台詞《せりふ》には、さとるは無理矢理振り返った。あった視線をさとるは自らそらす。

「怒った？」

彼の問いに、さとるは小さく首を振る。

「このままじゃ、さとるさんはお母さんに潰《つぶ》されるよ。悪口を言うつもりはないんだ。家を捨てろって言ってるわけでもない。ただ、このままじゃ一生……」

鉄男はそこで言い淀《よど》む。

「一生？」

「このままだよ。何も起こらない。それじゃ駄目だ」

さとるはどう答えたらいいかまるで分からず、鉄男の胸を手で押してベッドに横たえた。頭から毛布をかぶり、さとるは右手を彼の股間《こかん》に伸ばす。すると彼が、静かにそれを拒んだ。

「ごまかしちゃ駄目だ。ちゃんと考えてごらん」

優しいけれど、その言葉はきっぱりと毛布の中に響いた。さとるはぐったりと鉄男の胸に凭《もた》れる。

この家を出ることが、私にはあるのだろうかと、さとるはぼんやり考えた。鉄男がこの家に自分の夫として暮らしてくれることは、もしかしたらないのかもしれないとさとるは思う。

そうしたら、さとるはまたここで家族と暮らしていく。さとるは家族を愛していた。それは確かだった。この家を愛している。同じ屋根の下に、自分のことを愛してくれる家族がいなければ、さとるは眠ることさえできないのだ。自分の部屋のベッドで、あるいはリビングのソファの上で、さとるは使い慣れた毛布にすっぽりとくるまる。親鳥の和毛《にこげ》のようなそれは、さとるに大きな安堵《あんど》を与える。身を委《ゆだ》ね、安心し、さとるは眠りに落ちる。

今は鉄男の素肌が、さとるを包み込んでくれている。けれど、この家を出て鉄男の毛布にもぐり込んでも、その後彼がさとるの心の暗さに嫌気がさし、彼にふさわしい屈託のない女の子とどこかへ行ってしまったらと思うと、さとるは気が狂いそうだった。もう確かなぬくもりは、何もなくなってしまうのだ。

恋人の腕の中で、さとるは凍りつくような孤独に震えた。

いつしか鉄男は枕に横顔を埋め、寝息をたてていた。さとるは彼を起こさないよう、そっと立ち上がる。

さとるが鉄男と仲直りできるように、今日のことを取り計らってくれたのは母だ。けれど、まさか同じ部屋で朝を迎えるわけにはいかない。母とみつるが起きる前に、リビングのソファに戻らなければ。

床に脱ぎ捨てたパジャマを拾おうとして、さとるはベッドの足元に自分の本が落ちているのに気がついた。鉄男が本棚から取り出し、読んだのだろう。

さとるはその本を手に取り、蒼白《そうはく》に沈む部屋の中に裸で立ちすくんでいた。

そして、それを本棚の元の位置に戻す。パジャマを拾い、羽織ってボタンを掛けた。

健康な寝息をたてる鉄男を見下ろす。かすかな殺意が胸をかすめた。いつかなくしてしまうならば、いっそ今なくしてしまった方がいいように思えた。

けれど、さとるはひとりで哀しく笑った。

殺してしまいたいのは、誰よりも自分だった。

5

娘ですか?

確かにさとるとみつるがまだほんの子供の頃は、私はあの子達を愛していました。

今は憎んでるのかって?

そうですね、憎んでいないと言えば嘘になるかもしれません。でも、愛しているからこそ憎いのかもしれません。まったく関心のない人間を憎む人はいないでしょう。

妹のみつるの方は、子供の頃、気性が激しくて反抗的でとても手がかかる子でした。いったいどうしたらいいか、どんな大人になってしまうのか途方に暮れたこともありましたけど、中学生になったあたりでみつるは急に大人っぽくなりましたね。

時々門限は破るし、悪い友達もいるようです。けれど、文句を言いながらも決められた家事の分担はちゃんとこなしていました。

もう勉強なんかしたくないから、中卒で働くと言った時には驚きました。何とか説得して高校には行かせましたけど。

姉のさとるは対照的ですね。

子供の頃からおとなしい子でした。争いごとが嫌いで、妹がつっかかっても決して声を荒らげたりしたことはなかったですね。成績もずっとよかったのに、高校に入った頃からだんだん学校をさぼるようになりました。初めてさとるが、平日の昼間に街の中をふらふらしていて補導された時は、みつるの間違いではないのかと耳を疑《うたぐ》りました。

それでもまだ高校生の頃は、さとるもまあまあ普通だったんです。あの子がおかしくなってきたのは、大学に入ってからですね。猛勉強して国立大学に入ったのに、一年も通わないうちにやめたいと言いだしたんです。

薬学部は向いてなかった。もう一度受験し直して心理学科に入りたいなんて言いだしたりもしました。

そうしたいのならそうすればいい、とわたしは思っていましたし、実際そう口にしました。

けれど、そんなこと、あいつが許すはずがないじゃありませんか。

そうです、妻です。

あの恐ろしい女がです。

さとるがおかしくなったのは、全部妻のせいです。あの女が自分の思ったとおりに、娘をうまく操ろうとしたからです。

さとるはあんなにいい子だったのに。

あの子まで、妻は恐ろしい女に変えてしまったんです。

さとるは内科の待合室に置いてある、ビニール張りのソファに座って自分の名前が呼ばれるのを待っていた。

時間は午前十時十五分。朝一番でこの医院にやって来たのだ。待合室にはさとるの他に、しきりに咳《せき》をしている老人と、風邪をひいて母親に連れて来られた子供がいる。

風邪をうつされたら嫌だな。そう思ってハンカチを口に当てた時、受付の女性が「毬谷さん」と名前を呼んだ。

白い薬の袋を受け取り、言われた金額をさとるは払った。受付の人はさとるの顔も見ず、ぶっきらぼうに「お大事に」と言った。さとるは逃げるようにして、その医院の扉を開けて外に出た。

歩きはじめたとたん、ひらりと白いものが睫毛《まつげ》の先に触れた。さとるは瞬《まばた》きをして立ち止まる。

「雪……」

さとるは呟《つぶや》いて空を見上げた。白い真綿のような雪が灰色の空から降ってくる。さとるは雪片を掌で受け止めた。天を仰ぐ。次々と落ちてくるそれを見上げていると、鈍色《にびいろ》の空に吸い込まれていくようだ。

さとるは家に帰ろうかどうしようか迷った。今日はこの後、他の内科を三軒回る予定なのだ。

少し考えてから、さとるは巻いていたマフラーを鼻先まで引き上げて歩きだした。薬はもう残り少ないし、雪ぐらいでは死にはしない。とにかく予定どおりに行こう。次の医院までは徒歩で二十分かかる。バスに乗ろうかとちらりと思ったが、さとるはちらちら降る雪の中を歩いて行くことにした。

睡眠薬は、内科に行くと思ったより簡単に処方してくれる。しかし一度に出してもらえる量は限られているので、こうして月に一回、医者の梯子《はしご》をしているのだ。

最近また、薬が効かなくなってきたように思う。以前そういうふうに医者に言ってみたら、あっさりと「もう少し強い薬」を出してくれた。また頼めば「もっと強い薬」を出してくれるだろうか。

それに最近は母も薬を飲んで寝るようになった。薬に頼らず健やかに眠れるのはみつるだけだ。

先月、鉄男が初めて家に泊まっていった時、さとるはつまみのマリネの中に二粒の精神安定剤を砕いて入れた。それだけで鉄男はあっさり眠りに落ちていった。さとるが部屋に入ってベッドの縁に腰掛けても、鉄男は大きな寝息をたてて気持ちよさそうに眠っていた。額にかかった髪にさとるが触れてもまるで反応しない。人差し指でピンと鼻を弾《はじ》くと、顔を歪《ゆが》めて小さな唸《うな》り声を出し、寝返りを打った。そしてまたすうすうと寝入ってしまった。

健康なんだな。さとるはその時しみじみそう思った。この人はなんて、体も心も健康なんだろうと。

この人なら、本当に助けてくれるかもしれない。さとるは、雪明かりがかすかに差す午前四時の自分の部屋で思った。

どうしても、この人と結婚しようと。

母もそれを望んでいる。きっと大丈夫だ。母が賛成してくれて、そして協力してくれるのならきっとできるだろう。

雪の舞う舗道をリズムをつけて、小走りに近いようなペースで歩いて行くと、次第に体が温まってきた。上気した頬に、かえって冷たい雪が心地いい。けれど、もう雪は先程の勢いをなくしていた。きっと積もる前にやんでしまうのだろう。

鉄男の故郷では、雪が二階の窓の高さまで積もると言っていた。今彼は、そんな所にいるのだろうか。

暮れから鉄男は新潟の実家に帰っている。そして明日、東京に戻って来る。鉄男は言った。夏になったら、花火を見においでと。実家からあまり遠くない河で、日本で一番大きな花火が見られるからと。

行けたらいいね、とさとるは言った。そう、本当に行けたらいい。

とろりと重い夏の夕暮れを、浴衣《ゆかた》を着て鉄男と歩く。手をつないで川縁《かわべり》に立ち、夜空いっぱいの十号玉を見上げる。そして鉄男のお家《うち》に泊めてもらって、彼のご両親に挨拶《あいさつ》する。きっとご両親は、彼に似ているだろう。健やかで笑顔の絶えない鉄男の家族。すいかと蚊取り線香、下駄《げた》につゆくさ、キンカンの匂い。

そういう幸せが、かつては自分の家にもあったようにさとるは思った。鼻の奥がつんとする。どうして今はないのだろう。鉄男が結婚してくれれば、きっとその幸せを取り戻すことができるだろう。この私でも、もしかしたら子供を産むことができるかもしれない。そう思った。

先月、鉄男は何度も家に来てくれた。車がなくなってしまったので、もうあまり来てくれないかと不安に思っていたら、彼は50ccのスクーターで、一日おきぐらいに家にやって来た。さとるが風邪気味で外でのデートを渋ったせいもあるかもしれないが、鉄男は昼間やって来て、スクーターで買い物に行ってくれて、そして戻って来ると部屋でさとるを抱いてくれた。

そのスクーターはさとるの母親が鉄男に買い与えたものだと、母自身の口から聞かされた。鉄男君があなたの所に来なくなったら困るでしょ、と母はけろりと言った。さとるは母から渡されている少ない生活費を、何とかやりくりしている。さとるにもみつるにも、ブラウス一枚買ってはくれないし、こちらからもねだったりはしない。なのに鉄男には新品のスクーターをプレゼントしたのだ。

聞いた瞬間は、釈然としなかった。けれど母はさとるのためを思ってしてくれたのだと思い直した。実際彼は、スクーターがあるからさとるの家に気軽に現れるのだから、母に感謝しなければいけないのだろう。

鉄男はさとるの母から原付を買ってもらったことは口にしなかったが、金も車もなくてさとるをホテルに連れて行けないとしゅんとして言っていた。さとるはそれを聞いて慌てて首を振った。それはさとるのせいでもあるのだ。一銭も鉄男に出してあげられない自分がもどかしかったが、さとるにしてみれば、ホテルより自分の家で抱き合った方が都合がよかった。

鉄男がさとるの家を、自分の家のように思ってくれたらいい。リラックスできる場所だと思ってくれたらいい。

そして鉄男は、まめに家のことを手伝ってくれた。灯油を運んだり、調子の悪かった門の蝶番《ちょうつがい》を直してくれたり、伸びて隣の家の敷地まで侵入していた庭木の枝も切ってくれた。母も「さすが男の子ね」と言っていた。

このままずっと鉄男が家にいてくれたら、どんなに幸せだろう。

彼は四月から都心にある会社に勤めると言っていた。働きはじめたら、自分では洗濯や食事の用意はなかなかできなくなるだろう。私の家から、会社に通ってくれないだろうかとさとるは思った。

私から、求婚した方がいいのだろうか。

鉄男はさとるを好いてくれている。もう卒論もほとんどできているし、試験も簡単なものしかない。だから春まではできるかぎりさとるさんといっしょにいるよと彼は言ってくれた。

鉄男が社会に出て、私より好きな人ができてしまう前に結婚してしまいたい。さとるはそう思った。

思い切って、こちらから結婚してほしいと言ってみようか。それとも、そう仕向けて鉄男に言わせるべきなのか。どうやって？　無理矢理お見合いで結婚させられそうだと言って？　子供ができてしまったと言って？

どうしよう。誰に相談しよう。

さとるには友達がいない。みつるがそんな相談に乗ってくれるとは思えないし、かといって独断でそんな思い切ったことをやって失敗し、取り返しがつかなくなったら困る。

やはり母しかいないのだろうか。

父は？　父は相談に乗ってくれるだろうか。

そこまで考えて、さとるは小さく笑った。何を馬鹿なことを考えているのか。

とにかく明日は鉄男に会える。

早く鉄男の腕に抱かれたい。彼の胸に顔を埋め、心から寛《くつろ》ぎたい。

早く、早く。早く鉄男と結婚したい。毎日いっしょに暮らしたい。祈るようにさとるは思った。

昼食も摂《と》らず、自分の町にある四軒の内科を回ったさとるは、へとへとになって商店街を歩いていた。

雪は先程から降ったりやんだりしている。温まったように感じた体も、すっかり冷えてしまっていた。とにかく早く家に帰ろうとさとるは思った。けれど家にたどり着くためには、あの長い坂を上がらなければならない。

駅から続く商店街が終わるところから、坂道ははじまっている。立ち止まって坂を見上げると、ゆるやかに蛇行したアスファルトの坂は大きな蛇のようにも見える。いつまで立っていても仕方ない。息を吐いて歩きだした時、さとるは後ろから誰かに肩を叩《たた》かれた。びっくりして、さとるは持っていた傘を落としてしまう。

「やあね、私よ。そんなに過剰反応しないでよ」

そこには妹が立っていた。彼女はさとるの落とした傘を拾い、それを畳んだ。

「もう雪、やんでるよ」

「……そう」

「傘さして歩いてるの、お姉ちゃんだけだったよ。少しはまわりを見て歩いたら？」

畳んだ傘をさとるに乱暴に手渡し、みつるは坂を登りはじめる。さとるは慌てて彼女の後を追いかけた。

「みつる、何でこんなに帰りが早いの？」

「今日は仕事始めでしょ。新年の挨拶だけで終わりなの」

「だったら、そう言って出掛けてよ」

さとるの台詞《せりふ》に、みつるは露骨に嫌な顔をした。

「そんなこと、いちいち言わなくても分かるでしょ。それに、私が何時に帰って来ようが勝手じゃない」

さとるはずんずんと坂を上がって行く彼女の腕を、後ろからつかまえた。

「みつる。勝手って何？　勝手にしていいわけないじゃない。皆が勝手にしたら、どうなると思ってるの？　約束は守るって決めたじゃない」

思わぬ姉の強い叱責《しっせき》に、みつるはバツの悪そうな顔をした。そしてさとるの手を振り解《ほど》く。

「分かってるよ」

そう言い捨てて、みつるはまた歩きはじめた。しばらく二人は黙って坂を上がって行く。

「今日はもしかして病院回ってきたの？」

みつるがふいに口を開いた。その口調は尖《とが》っている。さとるはかすかに頷《うなず》いた。

「もう薬なんか飲ませるの、やめなよ」

さとるは強く言う妹に、ただ黙って目を伏せる。

「ねえ、分かってんの？　そんなことしたって何の解決にもならないよ」

みつるがさとるの前に回り込む。薄く化粧をして小ぶりのピアスをし、ショートコートを着た妹をさとるは見つめた。いつの間にこの子は、こんなに大人になったのだろうとさとるは思った。

「聞いてんの？」

ヒステリックにみつるは足を踏み鳴らした。さとるは我に返る。

「仕方ないじゃない」

どう返答したらいいか分からず、さとるはそう口にした。

「仕方ないのは分かってるよ。でも、このままでいいわけないじゃない」

うるさいわね、と胸の中でさとるは怒鳴った。けれどその叫びは、喉《のど》を上り切らずに消滅していく。代わりに微笑みがさとるの顔を覆った。

「笑ってる場合じゃないでしょう」

そう言ってみつるが肩を小突いた時だった。視界が急に狭《せば》まって、世界がセピア色になる。さとるは道端にへなへなとうずくまった。

「お姉ちゃん？」

「平気、貧血」

膝《ひざ》を抱えてそこに顔を埋め、さとるはそれだけ言った。頭の上でみつるが溜《た》め息をつくのが聞こえた。

「大丈夫？」

「少しすれば治るから」

　みつるはそれでも、さとるの肩を支えて立たせると、民家の駐車場に連れて行った。トタン屋根のついた駐車スペースには車はなく、二人は積んであったブロックの上に腰を下ろす。

「何か飲み物、買って来る？」

　顔を伏せたままのさとるに、妹の柔らかい問い掛けが聞こえた。さとるはそれだけで泣きそうになってしまう。答えず顔を伏せたままでいると、みつるが立ち上がる気配がした。遠ざかる彼女のローヒールの音。その隙にさとるは目尻《めじり》の涙をごしごしと拭《ぬぐ》った。すぐ近くに自動販売機があったかしら、と思いはじめた時、もうみつるが帰って来た。手には缶コーヒーを二つ持っている。

「あつい」

　笑ってみつるが缶を渡してくる。確かに持つと手がぴりっとするほど熱かった。二人はハンカチを出し、それにくるんで缶コーヒーのプルタブを開けた。一口飲んで、さとるは安堵《あんど》の息を吐く。

「貧血って、そんなしょっちゅうあるの？」

　みつるがそう尋ねた。

「たまによ。今日は朝御飯を食べたきりだったから」

「なあに？　お昼食べてないの？　お姉ちゃん、朝お味噌汁《みそしる》一杯飲んだだけだったじゃない。どうして何か食べないのよ」

答えようもなく、さとるは黙ってコーヒーを飲む。

「あいかわらず、一人でお店に入れないの？」

さとるは重ねて尋ねられても答えなかった。しかしその沈黙は肯定の意味だと、みつるでなくても分かるだろう。さとるは一人で外食できないのだ。誰かといっしょなら、少し緊張はするけれど、まあ大丈夫だ。けれど、一人きりでは喫茶店にもファーストフードの店にも入れない。節約の意味もあるが、だからさとるは図書館など長い時間外出する時はお弁当を作って持っていくのだ。

「呆《あき》れた」

みつるはそう呟《つぶや》く。同情と憐《あわ》れみが彼女の横顔に滲《にじ》み出る。

「鉄男さんとなら平気なの？」

思いがけず、みつるは柔らかい声で質問してきた。

「うん。ちょっと無口になっちゃうけど」

「ま、食事の時に黙っちゃうのは癖みたいなもんだけどね」

さとるとみつるは、そこで顔を見合ってちょっと笑った。子供の頃、母親は食事の時に騒いだり不作法なことをすると、痣《あざ》ができるほど二人を叩いたのだ。

「鉄男は、そうじゃないみたい」

さとるは飲んでしまった缶を足元にそっと置いて言った。

「え？」

「鉄男と二人で食事すると、あの人、私にどんどん話しかけてくるの」

「それが普通なんじゃない。デートなんだから」

「そうなの？　普通なの？」

さとるの質問に、みつるは大きな目をさらに丸くした。

「よその家ではそうなの？　食事の時は喋《しゃべ》ったりテレビを見たりするの？」

「うん、まあ、普通はそうだよね」

みつるは曖昧《あいまい》に答えた。

「どうしてうちは、普通じゃないんだろう」

さとるはそう呟いて、自分の膝を抱えた。マフラーに顔を埋めて目を閉じる。自然と眉間《みけん》と奥歯に力が入るのが分かった。泣いたらいけない。妹の前で泣きたくない。

「鉄男さんと、結婚したいんでしょ？」

空いた缶をカツンとコンクリートの地面に置いて、みつるが言った。さとるは目をつむったまじっとしている。

「でも、鉄男さんが、うちみたいな変な家にはお婿に来てくれないんじゃないかって不安なんでしょ」

さとるは静かに瞼《まぶた》を開けた。射るようなみつるの視線がそこにあった。

「お父さんのこと、言ったの？」

体が硬くなるのをさとるは感じた。大きく息を吸い込む。

「……まだ」

「いつ言うのよ」

「お母さんが、まだ早いって」

みつるは鼻で馬鹿にしたように笑い、立ち上がる。

「ああそうね、参謀はお母さんだもんね」

両手を腰に当て、彼女はさとるを見下ろした。

「あんた達は、何でも自分の思いどおりになるとでも思ってんの？　あの時のこと、考えてみなさいよ。あんた達は自分の首を絞めただけだったじゃない」

「その話はやめて」

「やめないよ。いい？　鉄男さんがもしお父さんのことを聞いても結婚してくれる奇特な人だったとしてもよ。そしたら、お姉ちゃんはどうするの？　一生このままなのよ。一生あの家にお母さんと暮らすのよ。それで何？　今度は鉄男さんまでいいように利用するつもりなの？」

その時、さとるの掌に鋭い痛みが走った。みつるが横を向いてうつむいている。自分が妹の頬を張ったのだと、さとるは気がついた。そのとたん、堪《こら》えていた涙が堰《せき》を切って溢《あふ》れるのを感じた。

「よく言うわ」

さとるは絞り出すように言った。

「鉄男が私と結婚してくれて、そのままあの家に住んでくれたらいいと思ってるのは、みつるでしょう?」

うつむいたまま、みつるは叩《たた》かれた頬を手の甲で触れる。

「それで厄介な家族を捨てて、出ていけると思ってるくせに」

みつるは伏せていた視線を上げた。その目が赤く滲んでいる。溢れ出そうな雫《しずく》を決して零《こぼ》すまいと、みつるは唇を噛《か》んでいた。二人は黙ってそれぞれ自分の爪先《つまさき》を睨《にら》んでいた。

「……ごめん、言いすぎたわ」

謝ったのは、みつるではなく、さとるだった。


その夜、さとるは母親の部屋でアイロンを掛けていた。

二階には三つ部屋があり、母とさとるとみつるがそれぞれ使っている。一番広いのは母の部屋で、大きなガラス戸からベランダへ出られるようになっている。そのガラス戸の手前に二畳ほどの板張りのスペースがあり、雨の日は洗濯物を干したりできるようになっていて、大きなアイロン台もそこに置いてあるのだ。

丸椅子に腰掛け、さとるは机ほどの高さのアイロン台に向かっている。昼間ちらちら降っていた雪は、夜になってみぞれに変わったようだ。ベランダや屋根から雨のような、けれど雨よりも重い水音が聞こえてくる。そして、アイロンの蒸気の音と匂い。

母は自分の机の前に座り、夕刊に目を落としていた。さとるは黙ってシャツにアイロンをかけている。そのうち、新聞を畳む音がした。

「この冬は雪が多いわね」

独り言のように母が言った。さとるは顔を上げずにシャツにスプレー糊《のり》をかける。ぎしぎしと母が椅子の背を鳴らす音が聞こえてくる。

ちらりと顔を上げると、案の定、母がさとるを眺めていた。机に右肘《みぎひじ》をつき、顎《あご》のあたりを指で触っている。

「明日は朝から塾だっけ」

じっと見つめられる息苦しさを逃れようと、さとるはさりげなく尋ねた。

「そう」

そっけなく母は答える。そして、さとるを観察することを中止し、机の上に置いてある分厚い参考書をぺらぺらとめくりはじめた。さとるはほっと息を吐く。いくつになっても母の視線に慣れることができない。見つめられるだけで心臓がきゅっと縮むような気がする。

母はしばらく参考書を読みふけっていた。さとるは母の横顔を盗み見る。すっきりと通った鼻筋の上に眼鏡がのっている。その向こうに、母の本棚が見える。さとるの部屋にある本棚より巨大で、そこにはぎっちり学術書が詰まっていた。母は小説を読まない。読むのは仕事のための本か、実用書か、ノンフィクションだ。

「それで、何？」

　ぱたんと分厚い本を閉じると、母はさとるにそう尋ねた。え？　とさとるは顔を上げる。

「話があるんでしょう？」

　アイロンを掛けに来ただけだと言おうか言うまいか迷った瞬間、母は続けて言った。

「アイロンだけなら、私がいない時に掛けに来るじゃない。私がいる時に来るのは、話がある時。違う？」

　言い当てられて、さとるは下を向いた。

「どうしてあなたは、いくつになってもそうなの？」

　母は苛々《いらいら》した調子で言った。語尾が厳しくさとるの胸を刺す。

「話があるのなら、そう言ってくればいいじゃない。機嫌を窺《うかが》うみたいに、ちらちら人の顔を見て。どうしてそう卑屈なのかしら」

「……ごめんなさい」

「どうしてそこで謝るの？　もっとハキハキしてちょうだい」

　再び「ごめんなさい」が喉《のど》まで出かかって、さとるは急いで飲み込んだ。

　母とみつるが仕事に着て行くブラウスにアイロンを掛け終わると、さとるはハンカチにかかった。アイロンを持つ手が、少し震えている。

「鉄男君のこと？」

ふいに柔らかく、母がそう聞いてきた。さとるはぎくしゃくと頷《うなず》く。

「今、田舎に帰ってるんでしょう？　いつこっちに戻って来るの？」

「明日、会う約束をしてるんだけど」

「だけど？」

さとるは答えられずに手を動かした。母が舌打ちするのが聞こえた。

「結婚できそうなの？」

さとるがなかなか話を切り出さないのに苛ついたのか、母は単刀直入にそう聞いてきた。さとるはアイロンをかける手を止め、おどおどと顔を上げた。

頬骨の高い整った顔の造作、切れ長の厳しい瞳《ひとみ》には知性と冷酷な輝きがあった。この人は本当に自分の母親なのだろうかという思いがちらりと過《よぎ》る。それは物心ついた時から時々思うことだった。自分がこの女帝のような母の血を引いているとは思えないのだ。

「どうなの？　うまくやってるんでしょう？」

母の苛ついた問い掛けに、さとるは慌てて頷いた。

「うまくはいってるの。でも、まだ結婚って感じじゃなくて」

「まあ、そうでしょうね。鉄男君はこれから就職するんですもんね。二十二歳だっけ？」

「うん」

「でも、今がチャンスよ。若くて世間を知らないうちにつかまえておかなきゃ駄目」

切って捨てるような容赦のない言い方を母親はした。けれど、さとるはそれに頷いた。母の言うとおりだ。鉄男がこれから社会に出て、仕事や他の女性に関心が移っていく前に、結婚に追い込まなくては勝算はない。

「それでね、私の方から結婚してって言った方がいいかしら」

「……そうね」

椅子の背を揺らし母は考え込んでいる。机の上のスタンドの灯が反射し、眼鏡のレンズがちかりと光った。

「ただ言っただけじゃ駄目よ。何か、あなたを放っておけないような理由を作らなきゃ」

「お見合いさせられそうっていうのは？」

うーんと母は小さく唸《うな》った。

「それとも、子供ができたって嘘つく？」

また母のレンズがちかっと光った。けれど母は結んだ口を開かなかった。少しの沈黙が部屋に漂う。さとるは居心地が悪くなって、再びアイロンを掛けはじめた。全てのハンカチにアイロンを掛け終わったところで、母が溜《た》め息まじりに呟《つぶや》いた。

「この前の交通事故の時、あなたが顔に怪我でもしてればよかったのにね」

さらりと言う母の横顔をさとるは見た。それは冗談なのか本気なのか。もしかしたら本気で言っているのかもしれないと、さとるは思った。

母は時々、娘の胸をえぐるようなことを平気で言う。

あれは確か幼稚園に上がったばかりの頃だった。母と父が口論をしていて、さとるが泣きながらそれを止めに入ったのだ。その時母はさとるを怒鳴りつけた。

あんたなんか産まなければよかった。

だ。それなのにあんたができてしまったから、離婚できなかったのだと母は言った。その時の母の顔をさとるは今でも鮮明に覚えている。テレビで見た、日本の怪談に出てくるお化けのようだった。怨念《おんねん》にとらわれ、成仏できない青白い顔の幽霊。とても母親には見えなかった。これは知らないおばさんだ。きっと妖怪《ようかい》が母の体に入り込んだのだと咄嗟《とっさ》に思った。

それから、何度も何度もこういうことが繰り返されている。

そうだ、こんなこともあった。小学生の時、学校で自分の名前の由来を両親に聞いてくるという宿題が出た。さとるは常々、どうして女の子なのに、自分と妹は男の子の名前なのだろうと不思議に思っていたのだ。

台所で夕飯の用意をしていた母に、宿題なの、と言ってさとるはその理由を尋ねた。包丁でじゃがいもの皮を剝《む》きながら、母はさとるを見ようともしないで冷たくこう答えた。

私は男の子が欲しかったの。女の子なんかいらなかったと。

そんなことを母親に言われたら、どう反応したらいいのだろうか。ただもうその歳には、ここで泣いたらまた母に叩《たた》かれるというのが分かっていたので、ただ黙って母のそばを離れた。そして宿題の紙には「男の子のように元気のいい子になってほしいから」と書いた記憶がある。そして男に生まれてこなかった自分をひどく恥じた。

　母の冷酷な言葉や態度に触れる度、さとるは本当に自分はこの人の娘なのだろうかと疑った。幼い頃は子供らしく、自分は拾われたかもらわれたかした子なのだと思うようにした。そうすれば母の仕打ちの説明がつく。しかし大きくなって、自分で戸籍謄本も見られるようになり、そして何より客観的に自分と母親の姿を見比べられるようになって、さとるは絶望した。顔も肌も髪も、とても似ているのだ。母娘でないわけがない。

　しかし、母は自分を産んだと言うが、自分には決してそれを確認する術《すべ》はないのだ。いくら戸籍に実子と書いてあろうとも、さとるの記憶は三歳くらいからだ。その前のことは後から聞かされたことである。だからさとるは、どうしてもこの女が本当の母ではない、という希望を捨てきれないでいた。

「あんまり焦っちゃ駄目よ」

　母が優しい声色《こわいろ》でそう言った。立ち上がって、アイロンを掛けたブラウスを母のクローゼットにしまおうとしていたさとるは、動きを止めた。

「鉄男君は素直ないい子よ。そこを利用するの。もの欲しそうにしちゃ駄目。俺がついてなくっちゃ駄目だっていう気にさせるの。分かる？」

　ゆっくりと母はそう言った。クローゼットの扉に手をかけ、母に背中を向けた姿勢でさとるは息を詰めていた。

「お見合いさせられそうっていうのも、つまんない手だけど、あの子には使えるかもしれない。私は働けないから、誰かと結婚しなきゃならないのって泣くのよ」

さとるは母の方を振り返る。母は眼鏡の中の瞳をふっくらとゆるませてこちらを見ていた。つい今まで母に対して感じていた反発が、跡形もなく引いていくのが分かった。この人はやはり自分の味方なのだとさとるは思った。母ほど、自分のことをこうやって親身になって考えてくれる人間が他にいるだろうか。

「そうしてみる」

さとるはこっくり頷いた。母はこれで話は終わったとばかりに、机の上にちらばった本やノートを片づけはじめる。さとるは、一番相談したかったことはこれからだったので、慌てて言った。

「お父さんのことは、どう話したらいい？」

母の手が止まる。そして、一拍置いてからトントンと数冊のノートを揃えた。そしてこめかみに手をあて、大きな溜め息をついた。

「そうね、どうしましょうか」

「近いうちに話すつもりだけど……」

母は眼鏡を外し、眉間《みけん》を指で揉《も》む。

「ある程度、結婚の約束が固まってからの方がいいわね」

「……うん」

「ま、それで駄目なら仕方ないか」

母にしては弱気な発言だなと思ったとたん、母は顔を上げた。先程までの包み込むような眼差《まなざ》しからは、別人のような燃える目がさとるを睨《にら》みつけている。思わずさとるは一歩足を引いた。

「いくら結婚したいからって、子供ができたなんて嘘をつくのは感心しないわね」

今までさんざん鉄男を結婚に追い込むための策略を練っていた口が、突然そんなことを言いだした。

「あなたね、いくら私が黙認してるからって、母親の前でよくそんなことが言えたわね。それじゃ私達はやってますって宣言してるようなものじゃない」

母の態度の急変に、さとるは息を飲んだ。それはいつものことで、ほんのちょっとしたきっかけで、母は今まで笑っていた口から怒りの炎を吐く。物心ついた頃から何百、何千回と繰り返されていることなのに、その恐怖に慣れることはなかった。さとるはいつものように、ぴくりとも動けなくなってしまった。

「いいわよね、あなたは」

目を細めて母が言う。知らない人が見たら、優しげに微笑んでいるように見えるだろう。けれどその瞳の奥に、悪意が煮えたぎっている。

「何でも私に助けてもらえて。何でも私に許してもらえて」

さとるは、精一杯の努力の末、かすかに首を横に振った。それを母親があざ笑う。

「違うっていうの？　私にはこんな物分かりのいい親はいなかったわ。私があなたぐらいの歳の時、母は私をまだ処女だって信じてた」

ああ、またはじまったと、さとるは緊張した頭の片隅で思う。

「何度も言ったわよね。私が結婚する前に流産して倒れた時、入院先のベッドで目が覚めた私を母は花瓶で殴ったのよ。この売女《ばいた》、もうお前は傷物だ、もう売れ残りだって叫びながらね。看護婦さんが止めてくれなかったら、私は殺されてたかもしれない」

母が自分の母を憎んでいた話、その逸話は数えきれないほどある。それをさとるは子供の頃から、何度も聞かされた。自分がいかに愛されずに育ったか。それに比べて、さとるとみつるはどんなに恵まれているかを、母親はこうやって暴力的に言葉にして浴びせかけるのだ。

「それに比べて、あなたは本当に幸せだわ。男の騙《だま》し方まで母親の私に教われるなんて」

さとるは既に泣いていた。どんなに堪《こら》えても、ぎゅっとつむった両目から涙が溢《あふ》れ出、喉《のど》の奥から嗚咽《おえつ》が這《は》い上がってくる。

「私は、あなたの幸せを願っているのよ」

つむった瞳《ひとみ》の闇の中から、母のハスキーで甘い声が迫ってくる。さとるは胸に両手を押し当てた。膝《ひざ》ががくがくと震えている。

母の手がそっと髪に触れた。さとるは体を震わせる。

「あなたは子供の頃からいい子だった。みつるはいくら言っても聞かない子だったけど、さとるは違ったわね。勉強もできたし、お行儀もよかった」

ゆったりとした、呪文《じゅもん》のような母の台詞《せりふ》。

「小さい頃から何度も何度も教えたわね。沢山勉強して、いい学校に入りなさいって。どうしてだったかしら？」

母の質問。さとるはそれに答えなければならない。分かりません、という答えは許されない。分かるまで許してもらえない。

「結婚しないで済むようにです」

さとるは答えた。母が髪から手を離す。さとるはおどおどと両目を開けた。そこには自分の娘に、憐《あわ》れみの視線を向けている母がいた。

「そうよ。女が結婚しないで済むためには、いい学校を出て、いい仕事に就くこと。それ以外に方法がある？」

なのに、と母は口の中で呟《つぶや》いた。

さとるは奥歯を噛《か》みしめる。今すぐ母の掌が頬に飛んできてもおかしくないと思ったからだ。自分は母親を失望させた。せっかく入ったいい大学を中退してしまい、そのうえ働くこともできないのだ。母を助けるどころか、自分は単なる厄介者になってしまった。

「ローンもまだまだ残ってるわ」

母はさとるを叩かなかった。けれど吐き捨てるようにそう言った。

「もう、あなたにできることは、誰か代わりに稼いできてくれる人間をこの家に連れてくることだけよ」

「……ごめんなさい」

絞り出すようにさとるはそう言った。謝る他に方法があるだろうか。

「鉄男君がいいわ」

母は天井を仰ぎ、歌うようにそう言った。

「次男だって言ってたし、就職も東京でしょう。アサヒ製紙っていったら、まあまあいい会社じゃない。転勤もないらしいし」

クローゼットに背中をつけたまま動けないでいるさとるに、母親はちらりと目をやった。

「いいわね、あなたは。鉄男君みたいな、性格も見た目もいい男の子と結婚できるなんて」

「……できるかどうか、分からないわ」

それでもさとるは、ありったけの勇気をかき集めてそう言った。母親の視線がさとるを貫く。

「鉄男君を逃したら、次があるかどうか分からないのよ。だいたいあなたみたいな子と、あんないい男の子が付き合ってくれてることだって奇跡みたいなものなんだから」

どんなに酷《ひど》い言葉も、さとるは受け入れる。何故ならばそのとおりだからだ。母の言うことは正しい。

自分は母に失望ばかり与えてきた。もし、鉄男と結婚できなかったら、自分は母にどんな仕打ちをされるか分からない。それを思うと心底背筋が寒くなった。失敗するわけにはいかないのだ。

「子供ができたかもしれないって言うって？　あなた、生理がないんじゃなかったの？」

突然母はそう言って嗤《わら》った。甲高い笑い声が天井に響く。さとるは両手で耳を塞《ふさ》ぎ、ずるずると床にへたり込んだ。その時だった。母の部屋のドアが勢いよくバンと開いた。母は笑い顔のまま、そちらに顔を向ける。そこには、みつるが立っていた。風呂《ふろ》上がりなのか、パジャマ姿で頭にタオルを巻いていた。

「夜も遅くに馬鹿笑いしないで」

みつるの刺すような眼差しは、母親にそっくりだった。そうだ、笑っている時はみつると母はまったく似ていないのに、怒った顔は双子のようによく似ていた。二人の体の中に流れる、同じ遺伝子の同じ烈火。

「さっきから聞いてれば、ねちねち、ねちねち、毎回同じことでお姉ちゃんいじめて何が面白いのよ」

ふふんと母は鼻で笑う。

「あなたは黙ってらっしゃい。私とさとるのことには口を出さないって宣言したのは、みつるでしょう？」

平然と言われてみつるは一瞬答えに詰まったが、頭に巻いていたタオルを乱暴に床に叩《たた》きつけた。彼女の濡《ぬ》れた黒い髪が額にかかる。

「お母さんのやり方には反吐《へど》が出るよ」

みつるは今にも噛みつかんばかりに言った。

「よくもお姉ちゃんばかり、そう非難できるね。お姉ちゃんを、何にもできない木偶《でく》の坊に育てたのはお母さんじゃない」

「黙りなさい」

「沢山勉強させていい大学に入れて、お金を沢山稼げる仕事に就かせようとしたのは、最初からお姉ちゃんに一生養ってもらう気だったからでしょう。そのために、お姉ちゃんに自立してもらったら困るから、お母さんはそうやってお姉ちゃんに無能の烙印《らくいん》を押すんだわ。お前はひとりじゃ何もできない人間なんだって」

「なに変なこと言ってるの？」

みつるの台詞を母は笑い飛ばした。そしてふうと物憂げな息を吐く。

「みつるはいいわよね。あなたは鉄男君がこの家に来たら、お役御免で出ていく気でしょう？」

今度はみつるが鼻で笑った。

「あたしには効かないよ」

どういう意味だか分からず、母がみつるの顔を見る。

「あなたはいいわよね、幸せよねって、お母さんのうまい手口よ。罪悪感を抱かせるのに、すごくいい台詞よ。だけど、あたしは悪いなんてこれっぽっちも思わないからね」

母が小さく舌打ちし反論しようと口を開きかけた時、みつるがそれを遮るように怒鳴った。

「そうやってお父さんもうまく操った気でいたんでしょうけど、その結果はどうよ。お母さんはうまくやったつもりでも、大きな厄介が増えただけだったじゃない」

「黙りなさい！」

母はそれに怒鳴り返す。びりっと空気が震え、さとるは体を硬くした。手足が震え、奥歯が噛み合わない。人が汚い言葉で罵《のの》り合いをはじめると、さとるは心臓が飛び出そうに緊張する。

「何もかも、お母さんの思いどおりになると思ったら大間違いよっ」

「黙りなさいって言ってるのっ」

二人の声が大きくなっていくのを、さとるは心臓を潰《つぶ》されるような気持ちで見ていた。眩暈《めまい》さえする視覚と反対に、聴覚が鋭くなっていく。音。この音が近所の人に聞こえたらどうしよう。この音で誰かが目を覚ましたらどうしよう。どこからかバイクのエンジン音がする。隣の家の人がまたピザでも取ったのだろうか。二人をやめさせなくっちゃ。

「鉄男さんが、こんな家にお婿に来てくれるわけがないじゃない」

「さっきから何を言ってるの？　あなたも協力しなきゃいけない立場なのよ」

「協力？　冗談じゃないわよ。邪魔しないだけ有り難いと思ってよ」

「それが母親に向かってきく口？」

母がみつるに向かって腕を振り上げた瞬間、さとるは母に飛びついていた。

「やめてっ、叩かないで」

「さとる。離しなさい」

摑《つか》まれた方とは逆の腕で、母はさとるの髪をむんずと摑み乱暴に揺すった。そこにみつるが割って入る。

「お姉ちゃんもお姉ちゃんよ。いい歳してどうして気がつかないの。お姉ちゃんをおかしくしてるのはこの女じゃない」

「みつるっ」

「お父さんの愛人のことだってそうよ。あんた達、恐ろしい女だわ。死ななかったからいいものの、もしかしたら刑務所行きだったんだから！」

「黙りなさい！」

母が渾身《こんしん》の力を込めて、群がる娘二人を突き飛ばした。二人はお互いを支えようとして腕を取り合い、それが不運にも余計にバランスを崩れさせた。もつれるように、二人はアイロン台を巻き込み、ものすごい音と共に床に倒れた。

さとるは床につこうとした手に激痛を感じ、悲鳴を上げた。


鉄男はスクーターに乗って、さとるの家への坂を上がっていた。先程郷里から自分のアパートに戻ったのだが、母から「大家さんに」と無理矢理持たされた甘エビを、さとるの家に届けようと思ったのだ。

明日彼女の家に行く約束をしているのだから、本当は急いで今晩中に届けなくてもいい。だから甘エビは口実なのだ。

一刻も早くさとるに会いたい。それは「そろそろやりたい」という気持ちが五十パーセントを占めているにしても、あとの半分は純粋にさとるに会いたかったのだ。

それと、あの母親に。

先月、さとるの母親は鉄男にこっそりこのスクーターを買ってくれた。さとるが気にするといけないから、自分で買ったことにしてねと彼女は片目をつむった。車を事故で廃車にしたのは鉄男自身の責任である。だから買ってもらう理由もないし困ります、と言う鉄男に、母親は微笑んでこう言った。

車がなくなっちゃったから、鉄男君がもう来てくれなくなるんじゃないかってさとるが気にしてるの。それに、さとるもスクーターぐらいには乗れた方が買い物にも便利だって常々言ってるのに、恐がって乗ってみようとしないのよ。鉄男君、あの子に教えてやってくれるかしら。

そんなふうに言われて、鉄男は素直に受け取ることにした。確かに便利だ。どうせしばらく車を買う金はないし、春までこのスクーターを使わせてもらおうと思ったのだ。

先月、初めて家に泊めてもらってから、鉄男はさとるの家に以前にも増して頻繁に通うようになった。というのは、一番緊張していた相手、さとるの母親と、かなり親しく話せるようになったからだった。

妹のみつるも可愛いし、恐い人だと思っていた母親ともうまくやれるようになってきた。そうなると、鉄男には急にあの家が居心地よく思えるようになったのだ。

明日会う約束をしていて、その前の日の夜に手土産を持って鉄男が現れれば、母親はきっと「泊まっていったら」と言ってくれるだろう。そうすれば今日はさとるを抱くことができる。鉄男は機嫌よくスクーターのスロットルをひねり、急な坂を上がった。

さとるの家の前まで来ると、エンジンを切って家を見上げた。リビングと二階の両方に電気が点《つ》いている。まだ皆起きているようだ。鉄男はコンクリートの階段を駆け上がり、チャイムを押した。しかし、いつも軽快な音をたてて鳴るチャイムが鳴らなかった。何度か押してみても鳴らない。電池でも切れたのだろうか。

試しに玄関のノブに手を掛けてみると、鍵《かぎ》はまだ掛けていなかったらしく、するりと回った。「こんばんは」と言いながら、鉄男はドアを開け玄関を覗《のぞ》いた。

するとドアを入ってすぐ正面にある、二階への階段の上から、人が言い争うような声が聞こえてきた。鉄男は戸惑う。事故を起こしてさとるの帰宅が遅くなってしまったあの時の親子喧嘩《げんか》が頭をかすめた。

このまま帰ろうか、そう思わないでもなかった。けれど、それも何となく男らしくないような気がした。

「こんばんは」

やや大きな声で鉄男は二階に向かって言った。けれど激しい罵り合いが続いている。鉄男は自分の中で好奇心と胸騒ぎがむくむくと大きくなるのを感じた。いけないと思いつつも、スニーカーを脱ぎ足音を忍ばせて階段を上がって行く。何を言っているか分からなかった言い争いの声が、鮮明に聞こえてきた。

――お姉ちゃんをおかしくしてるのはこの女じゃない。

そう叫んだ声はみつるだった。その後、母親が「みつるっ」とたしなめる声がした。

――お父さんの愛人のことだってそうよ。あんた達、恐ろしい女だわ。死ななかったからいいものの――

え？　と思った後、何かをなぎ倒すような物凄《ものすご》い音がした。そして悲鳴。鉄男は思わず途中まで上がりかけていた階段を一気に駆け上がった。

声がしていた部屋に、鉄男は飛び込んだ。母親とみつるがぎょっとしたように鉄男を振り返る。床に屈《かが》んだみつるの前に、さとるが倒れていた。その横にアイロン台とアイロンが落ちているのが目に入った。

うめいていた。

「どうしたっ」

みつるを押し退《の》け、鉄男はさとるを覗き込む。高熱を出したように、さとるは小さくうめいていた。その手の甲が真っ赤になっていることに気がついた。

「アイロンよ、あれに触ったんだわ」

母親が早口でそう言った。事情は分からないが、さとるは熱いアイロンに手を触れてしまったようだ。それに息の感じもおかしい。転んで頭でも打ったのだろうか。

「みつるちゃん、救急車呼んで」

鉄男はなるべく冷静にそう言った。呆然《ぼうぜん》とそこに立ちすくんでいたみつるが「え?」と聞き返す。鉄男はさとるを急いで抱きかかえ、立ち上がった。

「あとで大袈裟《おおげさ》だったって笑い話になった方がいいだろう。とにかく救急車を呼んで。まず冷やさないと。お母さんも、ほら、手伝って」

呆然としている女達に、鉄男はてきぱきと指示を与えた。

この病院の救急用の待合室に座るのは、二度目だなと鉄男は思った。

この前の時は、さとるがここで自分を待っていた。白い顔を一層白くして両方の掌を組み、目をつむっていた。そして鉄男に声を掛けられると、泣き笑いのような表情を浮かべてふらりと顔を上げた。

ぼんやりそんなことを考えていると、廊下の先のドアが開いた。母親が中に向かって軽く頭を下げていた。そして彼女は鉄男の座っているベンチに向かって歩いて来る。その顔も、娘と同じようにあまりにも青白い。

「さとるさんは？」

鉄男は立ち上がって尋ねた。

「今は眠ってるわ。火傷《やけど》は大したことないって」

力のない声で母親はそう言った。

「ただ貧血を起こしてるみたいで、血圧もかなり低いし、このまま一晩泊まって様子を見てみましょうってお医者様が言ってたわ」

「そうですか」

彼女は掌を額に押し当てて息を吐いた。相当疲れているようだ。

「帰りましょう。送りますから」

眠っているにしても、一目さとるの顔を見て行こうかという思いがちらりとかすめたが、あまりにも母親が疲れているようなので、鉄男は彼女の背中を押して病院の外に出た。ちょうどやって来たタクシーを停める。彼女を先に乗せてから鉄男は車に乗り込み、さとるの家の住所を言った。

「いいのよ。先に鉄男君のアパートに寄って、私はそのまま帰るから」

「いいや、送りますよ」

「それじゃ車代がもったいないでしょう」

冷えた声でそう言われて、鉄男は一瞬言葉を失った。もちろんこのタクシー代は彼女が出すつもりなのだ。そうしたら鉄男の申し出は親切ではなく迷惑なのかもしれない。

「じゃあ運転手さん、すみません。杉田町の交差点まで先に行って下さい」

運転手は黙って頷《うなず》いた。母親も口をつぐんだまま夜の窓に顔を向けている。鉄男も仕方なく黙り込んだ。そして、ちらちらと彼女の横顔を盗み見る。

こうして真夜中の車の中で母親を眺めてみると、やはり不思議な色気があった。きれいに通った鼻筋とその下の薄い珊瑚《さんご》色の唇。白く細い喉《のど》はやはり歳を感じさせる皺《しわ》もあったが、耳の下の髪の生え際が柔らかそうで、手を伸ばして触ってみたい衝動にかられた。

自分はもしかしたら、年上の女が好きなのかもしれない。鉄男はふとそう思った。さとると知り合う前までは、同い年か二、三歳年下の女の子ばかり相手にしてきた。けれど、案外自分は女性に甘えたいタイプなのかもしれないと思った。自分の母親にうまく甘えられなかった分、誰かにそれを求めているのかもしれない。

鉄男の母親は、いくつになっても少女のような人だ。外見が可愛らしいというわけではない。ただ、比較的裕福な家庭で育って、そのまま一回りも年上の父と結婚した。だから母は保護されることにあまりにも慣れきっていた。子供を二人産んでも、お人形を世話するような気分で育て、小学校の高学年になる頃には、もう息子と母親の力関係は逆転していた。どんな些細《ささい》なことでも、誰かに相談しなければ何も決められない母。夫にも二人の息子にも、何もかも決定権を委《ゆだ》ね、そして安穏と暮らしていた母。

正月、久しぶりにその母と過ごした。鉄男が雑煮を頬張るのを、母は楽しそうに見ていた。四月にはこちらに帰って来るのよね、と聞かれて、鉄男は曖昧《あいまい》に頷いた。母は息子が家に帰って来ないのではないか、などとは爪の先ほども疑っていないのだ。おとそを少し飲んで頬を染めた母は「テッちゃんにも、そろそろお嫁さんを捜さないとね」と言った。鉄男はテレビに向けていた顔を、母に向ける。紬《つむぎ》の着物を着て、髪を結い上げ、にこにこと笑っている母には、まるで邪気がなかった。

もしも、さとるを連れて帰ったら、この人はどういう顔をするだろうと鉄男は想像した。戸惑って、でも愛想笑いを浮かべ、そして後で子供のように泣くのかもしれない。

「鉄男君がいてくれて助かったわ」

急にさとるの母が口を開いたので、鉄男は物思いから引き戻された。

「い、いえ」

「私ったら、らしくもなく動揺しちゃって」

彼女は唇の端をかすかに上げる。鉄男の手前、強がって笑っているように見えた。

「何かあったんですか？」

聞いてはいけないかもしれない、とずっと黙っていたのだが、思わず鉄男はそう尋ねてしまった。

「え？」

「いえ、あの、喧嘩してたみたいだから」

「聞いてたの？」

彼女が鉄男の顔を覗《のぞ》き込んでくる。じっと見つめられて、鉄男はまごついて言い訳を口にした。

「あの、チャイムを押したんですけど、なんか鳴らなくて。鍵《かぎ》が掛かってなかったから玄関に入ってみたんですよ。そしたら二階から声がして」

まだ母親はじっと鉄男を見つめている。鉄男は耐えきれなくなって目をそらした。

「そしたらすぐ、すごい音とさとるさんの悲鳴が聞こえたから」

そう、と彼女は呟《つぶや》いた。そして、起こした体をシートに沈め直す。痛いほどの視線から解放されて鉄男はほっと息をついた。

「下らないことよ。単なる親子喧嘩」

ふっと笑って彼女は言った。そしてまた、掌で額を覆う。目許《めもと》が手の陰に隠れて見えなくなった。唇がかすかに震えている。鉄男はどきりとした。泣いているのだろうか。

「……疲れちゃった」

誰に言うともなく、母親は呟いた。鉄男はどう答えたらいいか分からず、ただ彼女の顔を見つめる。

「学校と予備校と、二つ職場があるでしょう。もうずいぶん長いこと休んでいなくて」

鉄男は目を見張った。この母親が愚痴を言うとは思っていなかったからだ。あの家に君臨し、いつ会っても弱いところなど見せたことがなかった。

「少し、休暇を取ったら……」

「そうね」

目を覆ったまま、彼女はくすりと笑う。

「ずっと、がむしゃらに働いてきたから」

「少し休んだ方がいいですよ」

鉄男の言葉に彼女は子供のようにこっくりと頷いた。そして再び黙り込む。目許はまだ掌に覆われたままだ。

鉄男は、彼女の夫であり、さとるとみつるの父親である男のことについて、尋ねようかどうしようか迷っていた。長い間、母親である彼女ががむしゃらに働いてきたということは、もうずいぶん前から父親は不在なのだろう。

彼女には不思議な魅力がある。ちょっと見には普通のおばさんに見えるのだが、初めて会った時に一言か二言、言葉を交わしただけで、普通のおばさんにはない空気を感じた。それはオーラというには曖昧すぎる。もっと電気のようなピリッとしたものだ。それはきっと、彼女の気性の激しさ、血の激しさ、そういうものだろう。自分の母親とは、対極にあるような女性だ。

鉄男は夜の窓の外を見た。見慣れたコンビニエンス・ストアの灯が目前だ。もうすぐアパートに着く。車を降りなければならない。

降りたくない。まだ、この人の隣に座っていたい。鉄男は強くそう思った。それは理不尽なまでの強烈な思いだった。この中年女は、自分の恋人の母親なのだ。そんなブレーキを自分にかけてみたものの、まったくそれは無力だった。ただ感情だけが爆発しそうに膨らんでいく。

その時だった。母親が小さく声を漏らした。はっとして彼女の顔を見る。白く細い指の間から、一筋の涙が流れ落ちた。対向車のヘッドライトがその雫《しずく》をきらりと光らせる。そして耐えきれないように、彼女はかすかな嗚咽《おえつ》を漏らした。

考える間もなく、鉄男は彼女に手を伸ばしていた。

部屋に寄って行きませんか、と口に出さず胸のうちで鉄男は呟いた。タクシーがウィンカーを出し、交差点を曲がる。そしてスピードをゆるめた。

鉄男に続き、母親は黙って車を降りた。

どうしてこんなことになってしまったのだろう。

鉄男がそう思ったのは、何もかもが終わった後だった。

母親は黙って鉄男の後について来た。しょんぼりするふうでも、もちろん怯《おび》えるふうでもなく、ごく当たり前のように彼女は鉄男が部屋の鍵を開けるのを待っていた。

ドアを開け、中に入った。部屋の電気のスイッチに手を伸ばす間もなく、靴も脱がずに二人は磁石がぴったりとくっつくように抱き合った。

こんなにも興奮したのは初めてだった。鉄男は、さとるや今まで付き合ってきた女の子達には決してしてしなかったことも、母親には要求できた。そして彼女も、鉄男が望むことは何でもしてくれた。

カーテンの向こうからぼんやり街灯の光が漏れている。自分の粗末なパイプベッドの上で、彼女は嫣然《えんぜん》と微笑んだ。

若い女の子達とは違う肌。それは鉄男を柔らかく包み込んだ。少女の肌は、触れると吸いついてくるように感じる。それが心地よいのはこちらに元気がある時だ。体力の落ちている時、心が弱っている時に、それはとてもつらい。

けれど自分の母親ほどの年齢の彼女の肌は、自然と溶け合い、イオン濃度のあっている水溶液のように静かに浸透してくる心地よさがあった。

ゆっくりと、そして果てしなく続くセックス。鉄男はその晩、何度も果てた。そんなことはかつてないことだった。

母親の温かい両方の掌の中で、しっとりと熱を持った膣《ちつ》の中で、そして珊瑚色の唇の中で鉄男は果てた。母親はそれをゆっくりと飲み下した。

不思議な羞恥《しゅうち》に胸が震えた。消え入りたいほどの恥ずかしさと、うち震える喜びが入り乱れる。

鉄男は体の向きを変え、母親の中心に唇を寄せた。赤ん坊が乳を吸うように、そこに吸いつく。彼女の甘い喘《あえ》ぎ声。自分の息づかい。汗と唾液《だえき》が滴り、暮れから取り替えていなかったシーツに染みをつくる。

鉄男は声を上げた。

女の子に声を上げさせたことはあっても、自分が我を忘れたことは今まで一度もなかった。

もちろん、いつも財布に入っているコンドームのことなど、ちらりとも思い出さなかった。

6

彼女は新入社員の女の子でした。

わたしの課に新人が配属されたのは初めてでした。何しろ、あってもなくてもいいような課でしたからね。

会社の中では重要な課ではなくても、仕事がないわけじゃないんですよ。課長の私の下に、嘱託の男がひとり、それから業務部から回されてきた使えない三十男がひとり、そしてわたしのことをいつも馬鹿にした目で見ている四十前の女の三人がいました。そこに彼女が配属されてきたんです。

実質的な仕事のほとんどはわたしがやっていましたからね。わたしが新入社員の彼女に対して望んだことは、任せた仕事だけはきっちりやってほしい、それだけでした。とにかくわたしは女というものに、期待も夢も既に持ってはいませんでしたから。

短大を卒業したばかりの彼女は、まるで高卒の女の子のように見えました。化粧っ気がなく、髪もただ真っ直ぐに伸ばして、いつも後ろでひとつに結んでいました。

彼女は最初、少し異常なほどおとなしかったんです。わたしや他の者達が仕事を教えると、彼女は頷《うなず》くだけで返事もしませんでした。昼休みも、同期の女の子達とランチを食べに行くでもなく、自分の机で黙々と手作りらしい弁当を食べていました。

けれど、彼女は仕事の呑《の》み込みが早かったんです。大抵のことは一度の説明で覚え、たまにミスをしても二度目からは決して間違えなかった。最初は「陰気な子」と眉《まゆ》をひそめていた課の者達も、文句ひとつ言わず手早く仕事を片づける彼女の様子に感心したようでした。

半年もたつ頃には、その子もぽつぽつと世間話をしたり、時には笑顔を見せるようになりました。とにかく、お互いを馬鹿にしあって最低な雰囲気だった課が、彼女を中心にして、どことなく和やかになったりもしたんです。

わたしはそんな女性は、今まで一度も見たことがなかった。どんな突発的なことがあっても決して慌てず、若い女の子にしては少し低いアルトの声で対応する彼女は、まるでマリア様のように見えました。

ええ、おかしいですよね。自分の娘ほどの女の子をつかまえて、マリア様だなんて。けれどわたしには、本当にそう思えたんです。無口で少し愛想は悪いけれど、情緒が安定していて、親切も笑顔も決して押しつけがましくなくて、誰にでも同じように礼儀正しい女性がこの世に存在するなんて、それもまだ二十歳の女の子だなんて、わたしには奇跡のように感じられたんです。

それでもわたしは、心の底では警戒していました。いくら今時の女の子とは外見も中身も違うように見えても、どこかで必ずわたしや会社の悪口を言っているはずだと。面白くもない仕事だと愚痴を言っているはずだと。それにもし、彼女が本当にそんな純粋な女性だとしても、だからどうだと言うんです。彼女は単なる新入社員の女の子で、そのうちふさわしい男を見つけて、幸せになるんです。わたしはそれを見守るだけです。

　そう思っていたのに、わたしと彼女は恋に落ちました。彼女への恋心を必死に否定しながらも、わたしは本当は分かっていたのです。心の一番底で、どうして彼女のような女性と結婚しなかったのかと、今更ながら強烈に後悔していたことを。自分の人生を後悔していたことを。

　彼女の両親が亡くなったのは、そんな矢先のことでした。事業の失敗で大きな借金を抱え、娘に黙って心中したそうです。

　郷里での葬式を終え、自分のアパートに戻った彼女に、わたしは電話を掛けました。もちろん心配だったからです。上司として、そして密《ひそ》やかな思いを持つ者として。

　電話口で最初、いつものように淡々と話していた彼女が、突然泣きだしたのです。課長さん、課長さん、と言いながら、泣きじゃくったんです。

　あんなに胸が震えたのは、生まれて初めてでした。

　わたしはその夜、彼女を抱きました。女性を抱いたのは、何年ぶりか思い出せませんでした。

　彼女が望んでくれるなら、わたしは彼女といっしょに暮らしたいと心から思いました。

この子となら、わたしがどうしても築けなかった、平凡で穏やかな家庭が持てるんじゃないかと思ったんです。

でもそれは、夢で終わってしまいました。

彼女を失った時、わたしは自分の胸の中にある……そうですね、魂みたいなものをいっしょに失ってしまったように思います。

鉄男は病院前のバス停に降りたっても、まだ迷っていた。

昨夜のみぞれが降る空から一転して、今日は初春らしくからりと晴れ上がり、風はなく日差しが暖かかった。あと三十分ほどで正午になる。さとるはきっと不安がっているだろう。それとも、もう家に帰ってしまっただろうか。

昨夜、というか明け方、さとるの母親は帰り際にこう言った。明日、さとるを迎えに行ってやってくれないかと。自分は仕事があるから行けないのだと言って、鉄男に一万円札を一枚押しつけた。

その一万円札が、むきだしのままジャンパーのポケットに入っている。車代にしては多い。昼飯でも食えということだろうか。それとも、これは昨日の情事の代金なのだろうか。

鉄男はひとりで赤くなり、唇を嚙《か》んだ。まるで片思いの年上の男性とやっとの思いで寝てみたら、お金を渡されてしまって途方に暮れた少女のようだと鉄男は思った。いったい、あれは何だったのだろう。

さとるの顔を見たくなかった。恥ずかしさもある。後ろめたさもある。何しろ彼女の母親と寝てしまったのだ。それも、弾みだったのか、遊びだったのか、意外と本気だったのか、あちらの気持ちが分からないどころか、自分の気持ちさえまったく分からないのだ。

ただひとつはっきり言えることは、あんなセックスは、生まれて初めてだったということだ。

幸福感と嫌悪感が、微妙に混ざり合う。できればもう少し冷静に考えられるまで、あの母親ともさとるとも会いたくなかった。しかし、頼まれてしまったものは仕方ないし、スクーターもさとるの家に置きっ放しになっている。

勇気を出して、鉄男は病院の自動ドアを入った。受付でさとるの名前を言うと、すぐ病室を教えてくれた。その病室まで行くとドアが閉まっていた。プレートには誰の名前も入っていない。ためらいがちにノックをしてみると、どうぞ、という小さな声がした。さとるの声だ。

ドアを開けると、目の前にさとるの顔があった。彼女もドアを開けに来たらしく、びっくりした顔で鉄男を見た。そしてにわかに笑顔になる。

「鉄男、来てくれたの」

心から安心したように、さとるは言った。彼女は浴衣《ゆかた》でもパジャマでもなく、昨日救急車に乗った時の服を着ていた。右手に白い包帯を巻いている。

「う、うん。具合はどう？」

「大丈夫。もう帰っていいんだって。でも、車には乗れないし、家に電話しても誰も出ないし、どうしようかと思ってたの」

　さとるはそう言ってベッドの縁に腰掛けた。顔色は普段にも増して悪いし、手の包帯も痛々しい。深夜に気を失ったまま病院に担ぎ込まれ、そのまま朝目覚めたら家族も恋人も誰も来ていなかったのだ。財布はもちろん、ハンカチ一枚持っていなくて、さぞや心細かっただろう。来るのを迷ったことを、鉄男は強烈に後悔した。

「ごめん。来るのが遅くなって」

　鉄男が真剣に謝ると、さとるはくすぐったそうに微笑んだ。

「いいのよ」

「で、具合はどうなの？　本当にもういいの？」

「うん。火傷《やけど》は大したことなくて、跡も残らないだろうって。それよりだいぶ貧血気味だから、少し通院しなさいって。それでこれ、増血剤」

　手元にあった薬の袋をさとるはちょっと持ち上げる。

「痩《や》せすぎだよ、さとるさん。栄養あるもの、もっと食べなきゃ」

「うん」

「ニラレバとか、ホルモン焼きとかさ。あと、鉄のフライパンを毎晩舐《な》めたらいいよ」

　鉄男の冗談に、さとるは片頰で笑う。鉄男は彼女の右頰にかすかにえくぼができることに気がついた。何故今まで気がつかなかったのだろう。きっと彼女がもう少しふっくらしたら、あのえくぼも彼女が笑うたびにキュッと深くなるのだろう。そう思うと、鉄男は悲しくなってきた。

そして、ベッドに腰掛けたさとるの頭を、そっと腕の中に抱き込んだ。さとるも鉄男に腕を回してくる。

何も言わずにしばらくの間、二人はそのままでいた。彼女の頭は、両方の掌で包み込めるほど華奢《きゃしゃ》で、力を入れたら頭蓋骨《ずがいこつ》が粉々に砕けそうだった。

やはり自分は、この女を好きなのだ。理屈ではない愛情を鉄男は感じた。

なのに何故、昨夜はあんなことになってしまったのだろう。鉄男はさとるの髪に頬を埋めて目を閉じた。これから、あの母親にどんな顔をして会えばいいのだろうか。いや、それより母親は、これから鉄男をどういうふうに扱っていく気なのだろう。

以前ビデオで見た『危険な情事』のシーンが頭に浮かぶ。たった一度の遊びのつもりでいた男と、これからがあると思い込んでいた女。にわかにぞっとしたところで、さとるが顔を上げた。

「鉄男、ここ」

「え？　何？」

「掻《か》いたかなんかしたの？　赤くなってるよ」

セーターの襟元を指さされて、鉄男は思わず固まった。そんなところが赤くなっているなんて、それはあれしかない。鏡をよく見てこなかったことを瞬時に後悔した。

「そう？　気がつかなかったけど。部屋に蚤《のみ》でもいるのかな」

「掃除しないからよ」

必死の思いでとぼけると、さとるは無邪気にくすりと笑った。

母親から渡された一万円札で病院の支払いを済ますと、鉄男はさとると二人でタクシーに乗り込んだ。

さとるを先に乗せたので、昨夜母親が座っていたのと同じ位置にさとるがいる。鉄男は落ちつかなくて、貧乏揺すりばかりしてしまう。

「お腹は空《す》いてない？　何か食べて帰ろうか」

鉄男が聞くと、さとるはあっさり首を振った。

「ううん。とにかく家に帰りたい」

さとるの横顔は、思い詰めたように窓の外を見ている。もしかして、車酔いでもしているのだろうか。

「さとるさん、具合は？」

「うん、平気」

そう言う唇が小さく震えていた。鉄男は腕を伸ばし、彼女の頭を胸に引き寄せた。一瞬戸惑ったように身を硬くしたが、すぐに彼女はぐったりと鉄男の胸に凭《もた》れかかった。

前にも同じようなことがあった。そうだ、車の事故を起こし、さとるを病院から家に送って行った時だ。どうも彼女と係わってから病院に行く機会が増えた。鉄男はここ何年も風邪ひとつひいていないので、何となく不吉な感じがある。

「昨日、どうしたの？　喧嘩《けんか》したの？」

鉄男はそっとさとるの耳元で聞いてみた。彼女からは反応がなく、鉄男のセーターを掴《つか》んだ手もぴくりとも動かなかった。

「そうだ、昨日の夜突然行ったのは、田舎のお袋に甘エビ沢山持たされちゃってさ。食い切れないだろうし、さとるさんちに持って行こうと思ったんだ。そういえばあの甘エビ、原チャリに載せたままだった。もう駄目かな。でも寒いから平気か」

なるべく明るく鉄男は話した。さとるは聞いているのかいないのか、ただじっと鉄男に体重を預けたままだ。もしかしたら気分でも悪いのかもしれない。そう思った時、彼女が、わたし、と呟《つぶや》いた。

「え？」

「私、お見合いさせられそうなの」

うつむいたまま、さとるはそう言った。

「見合い？」

「うん。お母さんがね、働けないんなら結婚しなきゃ駄目だって」

「それが喧嘩の原因？」

さとるはかすかに頷《うなず》いた。鉄男はどう返答しようか、しばし考え込む。あの母親なら言いそうなことではあるが、母親はさとると鉄男の交際を反対してはいなかった。きっと母親は、二人の結婚を望んでいるのだと鉄男は思っていた。なのに何故急に、見合いの話が出てきたのだろう。

「相手の人の写真とか見たの？」

なるべく穏やかに、鉄男はそう尋ねた。さとるは「まだ」と小さく呟いた。鉄男は窓の外に目をやった。

去年だったか、さとるの前に付き合っていた女の子が急に「お見合いする」と言いだしたことがあった。鉄男は簡単に「すれば」と答えた。皮肉でも厭味《いやみ》でもなかった。したいのならすればいい。なのに鉄男はこっぴどく頬を叩《たた》かれて、別れを言い渡されてしまった。

わけが分からずサークルの女の子達に愚痴ると、彼女達は口を揃えて言った。それは鉄男が本気で恋愛しているのかどうか試してみたのだと。一言鉄男に「やめろ」と言ってほしかったのだと。

さとるもそうなのだろうか。見合いなんかやめろ、と言ってほしいがための嘘なのだろうか。そして自分に求婚してほしいということなのだろうか。

もし見合いの話が本当だとしたら、鉄男がここで止めないと、さとるはあっさり結婚してしまうかもしれない。あの母親が選んできた男を、さとるが断れるはずがない。

そしてもし、見合いの話が嘘だったとしても、鉄男が「やめろ」と言わず、さとると結婚をする意志がないことを伝えたら、彼女はやはり鉄男から去っていくかもしれない。

　さとるはお金を稼いでいないことを異常なまでに後ろめたく思っている。彼女が家族の留守を守ってしっかり家事をやっているのなら、それは立派な労働なのに、さとるは自分を厄介者だと思っている。厄介者でなくなるためには、やはり結婚が最良の方法なのかもしれない。それにしても、彼女のこの自己評価の低さは何なのだろう。

　タクシーは丘の急坂を登りはじめた。鉄男はどう答えようか迷っている。とにかく家に着いたら、もう少し詳しく話を聞こう。

　大きく弧を描いた坂をタクシーはローギアで上がり、桜並木の下を通り抜けた。左方向への小道を鉄男は運転手に告げた。車は住宅地の細い坂道を進み、丘の頂上に出る。そしてさとるの家の前で車は停まった。

　鉄男は料金を払い、車の外に出た。続いてさとるも車から降りる。

「ごめんね、今お金払うから」

　さとるの言葉に鉄男は首を振る。

「いいんだよ。お母さんから車代もらったから」

　さとるがちょっと驚いたような顔をした。鉄男は慌てて付け加える。

「昨日の夜、救急車の中でお母さんに頼まれたんだ。今日どうしても仕事を休めないから俺に迎えに行ってほしいって」

　さとるは怪訝《けげん》そうに瞳《ひとみ》を曇らせている。鉄男は心臓が早鐘のように打つのを感じた。何か勘づかれただろうか。

その時、後ろの方でドアが開く音がした。鉄男とさとるが同時に振り返ると、隣の家の玄関が開いたところだった。出て来た中年の女性は、二人の姿を認めるとさっと戻ってドアを閉めてしまった。その慌てた感じに鉄男は首を傾《かし》げる。

すると、さとるはふいと向きを変え、自分の家の階段を上がった。玄関横に並べてある鉢植えの下から合鍵《あいかぎ》を取り出し、鍵穴に差し込む。

玄関のノブに手を掛けると、さとるは背中を向けたまま言った。

「じゃあ、どうもありがとう」

「さとるさん？」

「また電話するね」

「ちょ、ちょっと待ってよ」

まさか門前払いを食うとは思っていなかったので、鉄男は慌てた。さとるの肩を摑み、顔を覗《のぞ》き込む。彼女の目は真っ赤に腫《は》れていた。白い顔の中に、まるで兎のような赤い両目。その端から零《こぼ》れ落ちた雫《しずく》さえ血のように赤く見えた。

「さとるさん……？」

彼女は手の甲で涙を拭《ぬぐ》う。けれどそれは、後から後から溢《あふ》れ出る。

「鉄男、私ね」

「うん」

「私、生理がないの」

その台詞《せりふ》に、鉄男はゆっくり彼女の肩から手を離した。言葉を失った鉄男を見て、さとるは泣きながら笑みを浮かべた。そして静かに背中を向け、ドアを開けて家の中に入る。閉じられたドアの中から、カチャリと鍵を掛ける音が聞こえた。

鉄男は玄関の前でしばらく、ただ立ち尽くしていた。チャイムを見つめる。押そうかと思った瞬間、昨日それが鳴らなかったことを思い出した。

ゆっくり踵《きびす》を返し、鉄男はコンクリートの階段を下りた。そこに停めてあった自分のスクーターに跨《また》がる。ポケットからキーを取り出し、エンジンを掛けた。そして玄関のドアを見上げる。さとるが止めに出て来るかもしれないと思ったのだ。

けれど、三分ほど待ってもさとるが出て来る気配はなかった。鉄男はゆっくりスクーターを発進させる。そして何度も振り返りながら、坂を下りはじめた。

いつだろうか。鉄男は坂道を下りながら思った。何度も気持ちがはやって避妊せずセックスした。アパートにサークルの連中が来て、さとるの様子がおかしくなったあの日もそうだ。そこまで考えて、鉄男は思わずスクーターのブレーキを掛けた。昨夜、さとるの母親と寝た時も、自分はコンドームを使わなかった。もし二人とも妊娠させていたとしたら、自分はどうなるのだろうと。

鉄男はスクーターの前のカゴに入れたままだった甘エビの包みを見つめた。

いや、とにかく今はさとるのことだ。もしさとるの妊娠が本当だったら、自分はどうするつもりなのだろうか。

堕《お》ろしてくれと言えば、きっとさとるはそうするだろう。けれど、あのさとるにそんなことが言えるだろうか。彼女の折れてしまいそうに細い腰。医者に通わなくてはならないほどの重い貧血。その彼女を身重にしたのは自分なのだ。母親の重圧に小さくなり、おどおどしている彼女に、さらに鞭《むち》打つようなことができるだろうか。

結婚しようか。鉄男はそう思った。さとるにはいろいろと問題もあるし、その問題をうざったく感じることもある。けれどさとるへの愛情は、今まで何度も繰り返された、ままごとのような恋愛とは違う。やはり自分はさとるに惚《ほ》れているのだと思う。妊娠したのなら、そして妊娠させてしまったのが自分ならば、その責任を取ったらいいじゃないか。

その後のことは、また考えればいい。問題は沢山あるけれど、そのつど考えていけばいい。さとるは多少病弱で神経症的で、今は働けないのかもしれないけれど、何も不治の病にかかっているわけではない。ゆっくり時間をかけて治せばいいのだ。

そして二人で暮らせばいいのだ。そしてもし、子供が生まれるならば、三人で暮らせばいい。何を迷うことがある。それでいいじゃないか。

鉄男はスクーターのエンジンをふかし直し、Uターンした。スロットルをいっぱいにして急坂を上がって行く。

さとるの家の前まで急いで乗りつけると、鉄男はスクーターを放り出すようにして降り、階段を上がった。そして玄関のドアを力任せに拳《こぶし》で叩《たた》いて、さとるの名を呼ぶ。

しばらく待っていると、ドアの向こうから鍵が開く音がした。細く扉が開かれる。

「さとるさん」

彼女は先程の赤い目のまま、怯《おび》えるように鉄男を見た。

「甘エビ。渡し忘れた」

さとるの顔がくしゃりと崩れた。ドアを撥《は》ねのけ、彼女は鉄男に抱きついた。


家に入ると、さとるは鉄男にちょっとここで待っていてほしいと言ってリビングを出て行った。着替えでもするのだろうと思い、鉄男は頷《うなず》く。もう何度かこの家に泊まったので、ひとりにされて落ちつかないということはない。

外は晴れていても、家の中はしんと冷えている。勝手にエアコンと石油ストーブの両方を点《つ》け、ソファに腰を下ろした。ソファの上にはさとるがよく肩や膝《ひざ》に掛けているオレンジ色の毛布がきちんと畳まれて置いてあった。いやに古びているし、色もさとるの好みではないので、どうしていつも使っているのかと以前聞いたら、子供の時のもので、触れていると安心するのだと彼女は言っていた。そのライナスの毛布を広げて、鉄男はいつもさとるがやっているように、背中から羽織ってくるまった。かすかにさとるの匂いがする。

そんな格好で柔らかいソファにうずくまっていると、何だか眠くなってきた。昨夜はほとんど眠っていない。あの母親だってそうだ。それでも仕事に行くなんてタフなおばさんだ。

ドアの向こう側でトイレの水が流れる音がした。ドアを閉める音。スリッパを履いた小さな足音。しばらくすると洗濯機が回りはじめた音が聞こえてきた。

鉄男はぼんやりと、一階のトイレは直したのだろうかと思った。そしてリビングに掛けてある時計を見上げた。止まったままの振り子時計と、動いている四角い時計。時間は午後の一時半を少し過ぎたところだ。そういえば、この家に通うようになって、門の蝶番《ちょうつがい》や水漏れする庭の水道などを頼まれて直した。鉄男はそのついでに、ずっと壊れているという一階のトイレと振り子時計も見てみようかとさとるに言った。すると彼女が「あれはいいの」とあっさり断ったのを思い出した。

そこでもう一度トイレの水を流す音がした。鉄男は首だけで振り返る。さとるは腹の調子でも悪いのだろうか。

そういえば、一階はこの部屋にしか入ったことがなかった。娘二人が結婚しても、ゆくゆくはどちらかと同居するつもりなのだろう、二階にもトイレと簡単なシャワー室がある。そこは使わせてもらったことがあるが、一階の風呂場《ふろば》には鉄男は行ったことがない。二階のスペースと家の外見から考えれば、いくらこのリビングが広くても、一階にはもう一部屋か二部屋あってもおかしくない。母親と姉妹は二階にある三つの部屋をそれぞれ使っている。では一階はどうなっているのだろうか。客間ならば鉄男が通されるはずだ。では納戸か何かなのだろうか。それなら、庭にある大きな物置は必要ではないだろう。

そこまで考えた時、背中でドアが開いた。さとるがあいかわらず顔色の悪いまま、リビングに入って来る。ジーンズとセーターは違うものに着替えていた。

「ごめんね、鉄男。お腹空《す》いたでしょう。何か作るわ」

「何言ってるんだよ、そんな青い顔して。とにかく座って」

鉄男は立ち上がり、自分の座っていた所にさとるを座らせる。

「俺が何か作るから。それとも出前でも取る？」

さとるは首を振る。そういえばこの家には出前を取るという習慣がないことを鉄男は思い出した。

「いいのよ。私が適当なもの作るから」

「適当なものなら、さとるさんが教えてくれれば僕が作るよ。な？　そうしよう。だいたいその手じゃ、水が使えないだろう」

右手の包帯を指すと、さとるは少し考えてから頷いた。

「じゃあ、悪いけどお願いしていい？」

「任せな。子供の頃、ボーイスカウトに入ってたんだから」

さとるはちょっと笑ってから、ジャーの中に入っている御飯でおにぎりを作ってくれと言った。

言われた場所から海苔《のり》とシャケのそぼろを出し、よく手を洗ってから鉄男はにぎり飯を作りはじめた。鉄男のそばにやって来て不安そうに手元を見ていたさとるが言った。

「意外とうまいのね」

「だろう？　上京して来て最初の頃は自炊もしてたんだよ。でも結局、不経済でやめちゃってさ」

「いいお父さんになれそう」

そう呟《つぶや》いて、さとるはするりとその場を離れた。ソファから毛布を取ってくると、いつもしているようにくるりと羽織って、キッチンテーブルの椅子に腰掛けた。両膝を折って椅子の上で抱え込み、彼女は毛布にくるまって目をつむっている。

「病院行ったの？」

三角ににぎった御飯に海苔を張りつけながら、鉄男は聞いた。さとるは目を開けて鉄男の方を見た。

「今、病院から帰って来たところだけど？」

質問の意味が分からないとばかりに、さとるは聞き返してきた。鉄男は少し苛《いら》ついて、指についた飯粒を落とそうと水道の蛇口を捻《ひね》る。今更何をとぼけているんだろう。

「産婦人科だよ」

鉄男の台詞に、さとるは少し間を置いてから「ああ」と小さく息を吐いた。

「生理のことね」

「他に何があるんだよ」

「違うの。妊娠したんじゃないの。もう、ずっとないの」

鉄男は手を止めた。

「……え？」

「初潮は十五の時だったんだけど、それから一年に一回か二回しかないのよ」

米粒だらけの手を間抜けに広げて、鉄男は彼女に向き直った。

「な、何で？　え？　じゃあ、あの、さっきの生理がないっていうのは」

「ここ一年半ぐらい、まったくないの。だから妊娠なんかするわけないわ」

混乱した頭を、鉄男は必死に整理しようとした。要するに、先程彼女が「生理がない」と言ったのは、妊娠したことを打ち明けたのではなく、ずっと生理がないことを告げたのだ。

では、何のために？　妊娠したのであれば、それは「今後のことを考えてほしい」あるいは「責任を取ってほしい」というメッセージであろう。だから鉄男は、パニックになりながらも結婚を決意して、さとるの所に戻って来たのだ。けれど、そうではないと言う。正常な生理がないと告げたのは、どういうメッセージなのだろう。

「産婦人科に行ったのか？」

結果的に、先程の台詞《せりふ》をもう一度繰り返すことになった。彼女は二十四歳だ。それはどう考えても普通ではない。

「何軒も行ったわ。さんざん検査もした。でも精神的なものでしょうとしか言われなかった。栄養を摂《と》って、もっと太れとか。だからここ三年ぐらいはもう行ってない」

鉄男は絶句した。気を楽に持って気長に治そうよ、という当たり前の慰めの言葉が頭を過《よぎ》ったが、あまりにも白々しい気がして口に出すことができなかった。

「変なこと言ってごめんね」

そこでさとるは、凍ってしまった空気を溶かそうとしたのか笑顔をつくってそう言った。

「あ、いや」

鉄男もちょっと笑ってみせる。本人が無理して笑っているのだ。つられて笑ってあげなくては失礼だ。

とりあえず鉄男は御飯を全部握ってしまうことにした。せっせと手を動かしはじめると、さとるはまた抱えた膝に頬を寄せて、瞼《まぶた》を閉じている。

「味噌汁《みそしる》も作ろうか」

そっと言うと、さとるは顔を上げ、眩《まぶ》しいものを見るように目を細めた。

「作れるの？」

「味噌汁ぐらい作れるよ」

「ありがとう。じゃあ、冷蔵庫の中にお豆腐のパックがあると思うから、それ使って」

とても疲れたような声で、さとるはそう言った。もしかしたら、座っているのもつらいのかもしれない。

「さとるさん、寝た方がいいんじゃない？」

「大丈夫」

「いいからさ。ソファで横になってなよ」

重ねて言うと、さとるは少しためらった後、ゆっくりと立ち上がった。大事なものを抱えるように毛布を抱き、ソファに歩いて行く。水を張った鍋《なべ》を火にかけながら、鉄男はその痩《や》せた背中を見送った。

そして彼女に背中を向け、冷蔵庫と調味料の棚を開けて必要なものを出した。料理に没頭しようとしたが、頭の中には重苦しい感情が渦巻いている。とにかく冷静に考えようと自分に言い聞かせても、頭の中がぐるぐる回る。

それが怒りであることに、鉄男はやがて気がついた。何に対する、どんな怒りか。出しを取り、豆腐を包丁で切りながら鉄男は考えた。

あの母親だ。さとるの生理が正常でないのが精神的な問題だとしたら、その原因はどう考えても母親しかいない。さとるの上に、漬物石のようにのしかかる、あの尊大な母。自分の娘にしっかりと根をはり、逃がそうとしない。見合いの話はもしかしたら本当なのかもしれないと鉄男は思った。鉄男よりもっと、条件のいい男を見つけたのだろうか。

黙々と食事の用意をしながら、鉄男は考えた。あの母親はどう考えてもおかしい。少し普通より厳しいだけの人なのかと思っていたが、昨夜のことを考えると、母親は少し頭がおかしいのかもしれない。普通の神経をしていたら、娘の恋人に手を出すだろうか。

そしてあんな激しいセックスをするだろうか。何のために？　娘から奪う？　まさか。彼女は五十だと聞いた。しかし、単なる弾みで片づけてしまうには、あまりにも濃厚な時間だった。

さとるは、この家から離れないと危ない。鉄男は改めてそう思った。しかし、妹のみつるのような性格だったら飛び出せても、さとるが自力でこの家を出られるとは思えなかった。連れ出せるのは自分しかいない。

お握りと味噌汁、そして冷蔵庫にあったレタスとトマトで簡単なサラダを作ると、鉄男は手を洗ってソファの方を振り返った。病気になった小動物のように、さとるはソファの上で丸くなっていた。その小さな膨らみが痛々しい。

「さとるさん」

ソファの下の絨毯《じゅうたん》に腰を下ろし、鉄男はそっと声を掛けた。さとるはクッションに横顔を埋めたまま、うっすらと目を開ける。

「具合が悪い？」

「ちょっとだるいだけ」

「御飯できたよ。少しでも食べた方がいい」

さとるは億劫《おっくう》そうに体を起こす。二人の顔が至近距離に近づいた。鉄男は彼女の頬に手を触れた。磁器のような青白い肌でも、触れれば温かかった。

「結婚しよう」

鉄男はそう言った。さとるの表情は変わらない。微妙に焦点のあっていない目で、とろりとこちらを見ている。

「結婚して、いっしょに暮らそうよ」

「でも……」

「でも、何？」

さとるは怯《おび》えたように視線をそらそうとする。鉄男はもう片方の手も添えて、彼女の顔を挟み込んで正面を向かせた。

「嫌なの？」

「嫌じゃないわ。結婚したい」

すがるようにさとるは言う。そして一度唇を噛《か》んでから、意を決したような顔で言った。

「この家に住んでくれるの？」

鉄男は肯定も否定もせず、さとるの唇に接吻《せっぷん》した。そして鼻と鼻をすりあわせる。

「前にも言ったけど、この家出なきゃ駄目だ」

さとるはうつむいたまま答えない。

「お母さんから離れた方がいい。このままじゃ潰《つぶ》されるよ」

鉄男はさとるの黒い瞳《ひとみ》に、静かに訴えた。

「さとるさんには、さとるさんの人生があるんだから」

「私の人生？」

まるで、聞いたことのない単語を言われたように、彼女は聞き返してきた。

「東京を離れるなんて、考えたくないかもしれないけど、もしよかったら、将来俺の田舎で暮らさないか？」

さとるは目を見開く。鉄男は肩をすくめた。

「俺の親と同居しろって意味じゃないよ。いい所なんだ。大きな河があって空が広くて、空気がしっとりしてて」

戸惑いの表情を浮かべ、彼女は鉄男を見つめている。

「口じゃうまく言えないな。貧血がもう少しよくなったら、気晴らしにいっしょに行かないか。一泊でも二泊でも。今は雪があって寒いけど、景色はきれいだから。新幹線に乗ればすぐだし。そうだ、スキーもできるよ。やったことがないなら教えるよ」

さとるは悲しげに首を振った。

「行けないわ」

「遊びに行くだけだよ。お母さんなら俺が説得するから。もう旅行なんてずいぶんしてないんだろう」

「そうだけど……」

「行こうよ。きっと楽しいよ」

さとるのどんよりした表情が、少しでも晴れないかと鉄男は強くそう言った。けれど彼女はにこりともしない。以前、夏の花火の話をした時は行きたそうな顔をしていたのに。

「寒いのが嫌なら、夏でも」

「違うの」

さとるは鉄男の首に、自分の腕を巻きつけてきた。寄り掛かるさとるの体の重みに、鉄男はほんの少し戸惑った。

どうしてこう、なんでも深刻になるのだろう。ただ旅行に行こうと言っているだけなのに。そこまで考えた時、鉄男に抱きついたままさとるが言った。

「私、電車に乗れないの」

「……え？」

「恐くて乗れないの。バスも駄目。知ってる人が運転してる車なら大丈夫だけど、タクシーも一人じゃ乗れないの」

泣き声で言うさとるを、鉄男は自分から離し顔を見た。彼女は子供のようにべそをかいている。

「どういうこと？」

「心臓がどきどきして、目の前が真っ暗になっちゃうの。まわりにいる人達が皆、私の悪口を言っているような気がして、吐きそうになっちゃうの」

どうしても言えなかった罪を告白するように、さとるはしゃくりあげながら話す。鉄男は呆然《ぼうぜん》と、うつむいた彼女の小さなつむじを見下ろした。それは、いわゆる対人恐怖症というやつだろうか。

「……いつ頃からなの？」

「大学生の時。子供の頃から乗り物は苦手だったんだけど……」

鉄男は溜《た》め息をつきたいのを堪《こら》えた。何ということだ、彼女がこんなにも筋金入りだったなんて。

「病院にも行ったけど、それも精神的なものだって……薬を飲んだりしたこともあったんだけど……」

「分かってる。言わなくていいよ」

鉄男は彼女の髪を撫《な》でてそう言った。聞けば聞くほど話がヘビーになってきた。しかしもう、面倒なことに係《かか》わってしまったという思いはなかった。

最初は〝おねえさま〟だと思っていた、透明な肌の年上の女。けれど今では、彼女を幼い妹のように感じる。正義感でもなく、強烈な恋心でもなく、ただ自分はこの女を見捨てはしないだろうという不思議な確信があった。困難なことは分かっている。けれど、こうなってしまったからには、彼女の手を振り切ることはできない。目の前で溺《おぼ》れている人間を、泳げる自分が何故見捨てることができるだろうか。

「結婚しよう」

鉄男は再びそう言った。さとるはこみ上げてくる嗚咽《おえつ》を必死で飲み込み、鉄男を見上げた。

「お願い、この家にいっしょに住んで」

「それは駄目だ。ここを出なきゃ、さとるさんはきっと一生電車に乗れないよ」

「お願いよ。私のこと、愛してくれてるんでしょう」

「うん」

「家は出られないの。鉄男が住んでくれないんなら、私は他の人と結婚しなきゃならない」

鉄男はさとるの手をぎゅっと握った。どうしたらこの人は、捕われている価値観から自由になれるのだろうか。

「そんなこと誰が決めたんだよ。お母さんか？」

「違うわ」

「自分の意志ってものを持てよ」

「私の意志だわ」

きっぱりとさとるが言った。鉄男が次の言葉を探している時だった。ガタンとどこかで何かを落としたような音がした。さとるは驚き、耳をぴくりと動かした。

「御飯にしなきゃ」

そう呟《つぶや》いて立ち上がる。鉄男も頷《うなず》いて立ち上がった。今日はまだ何も食べていない。腹が減ったまま議論していても、ろくな話にならないだろう。

ふと見ると、さとるはキッチンから出してきたお盆に、ダイニングテーブルの上に並べてあったおにぎりとサラダを載せている。どこへ持っていく気なのだろう。

「ここで食べないの？」

「鉄男は食べてて」

「いっしょに食べようよ。そんなに怒ってるのか？」

「違うわ。来るなら来てもいいわよ」

さとるはお盆の上に味噌《みそ》汁《しる》の椀《わん》と箸《はし》、そして引き出しから出した薬の袋と、コップの水も載せた。そしてドアを開け、廊下に出る。トイレらしいドアの前を通り、短い廊下の先を右に折れた。鉄男はさとるに続いて歩きながら「座敷牢《ろう》があったりして」と冗談を言った。

さとるは風呂《ふろ》場《ば》らしい扉の手前にある、襖《ふすま》を小さくノックした。鉄男は自分が今言った冗談に、心臓を摑《つか》まれるような嫌な予感がした。

静かに戸を開く。とたんに、何かすえたような臭いが鼻をついた。さとるはお盆を持ったまま、その部屋に入って行ったが、鉄男は入口に立ったまま動けなかった。

部屋の中はぴったりとカーテンが閉ざされ暗かった。広さは六畳ほどだろうか。部屋の一番奥に小型のテレビが置いてあり、時代劇の再放送を映していたが、音はなかった。画面の光が、部屋をぼんやりと照らしている。

テレビの前には、布団が敷いてある。一目で万年床と分かったのは、縒《よ》れたシーツと汗の嫌な臭いと、そしてその上に座っている男だった。

　こちらに背中を向け、布団の上にあぐらをかいた小太りの男。片耳から垂れているイヤホンがテレビに繋《つな》がっている。布団のまわりには、新聞紙や週刊誌、漫画雑誌、ティッシュを丸めたものや煎餅《せんべい》の食べ残しなどが散らばっていた。どれも新しいものではないようだ。

「御飯ですよ」

　さとるは静かにそう言って、布団の横に置いてある小さなちゃぶ台の上に食事の盆を載せた。男はかすかに頷いたように見えたが、さとるの方も鉄男の方も見ようとはしなかった。

「誰なんだ？」

　鉄男は無意識のうちに、そう呟いた。さとるはちゃぶ台の前から立ち上がり、鉄男の方に戻って来る。そして言った。

「お父さんよ」

　分かっていた答えが、さとるの唇から零《こぼ》れ出る。鉄男は彼女の顔を穴が開くほど見つめた。

「……お父さんは、ずっとここにいたのか？」

「うん」

「病気なのか？」

その時、何かを感じたさとるが鉄男の腕を摑んだのと、鉄男がさとるを突き放すようにしたのが同時だった。鉄男は暗い座敷牢でテレビを見つめる父親に大股《おおまた》で近づいて行った。後ろでさとるが何か叫んだ。

鉄男は無言で、その男の肩を摑んだ。すると、ゆっくりと男は鉄男の方を振り返る。濁った白目に白髪の混ざったボサボサの髪。伸びた不精髭《ひげ》も黴《かび》のように白かった。顔が茶色いのは、もちろん日に焼けたのではなく、垢《あか》と脂で汚れたものだ。近づくと、内臓が腐ったような臭いが強く鼻をついた。鉄男はこみ上げてくる吐き気をこらえる。

男の視線は、一瞬鉄男の顔の前で結ばれた。けれどそれは二秒も持たずに、ほどけて宙を彷徨《さまよ》う。

どろんと濁った男の目は、またテレビに戻っていった。

鉄男はさとるを振り返る。彼女は襖の所に崩れ落ちたまま、両手で顔を覆っていた。肩が激しく震えている。

「どうして」

泣いているさとるに鉄男は尋ねた。

「どうして病院に入れないんだ？」

「……だって帰って来ちゃうんだもの」

「え？」

床に這《は》いつくばるようにして、さとるは叫んだ。

「入院させても、勝手に帰って来ちゃうのよ!」

夜になって、風が出てきた。

鉄男は私鉄駅前にある大きな花壇の縁に腰掛けていた。一月の夜の冷たい風が駅前ロータリーに渦巻き、枯れ葉が顔に飛んできた。腕と足を組み、首をすくめた鉄男は寒さを堪えていた。

アパートに一旦《いったん》戻り、いつも着ているウィンドブレーカーでなく、スキーに行く時に着るダウンに着替えて来てよかったと思った。しかしそこまで気をまわすなら、使い捨てカイロも持って来ればよかったと後悔する。

いくつか並んだバスの停留所の向こうに、コンビニエンス・ストアの灯が見える。さっと行って、カイロとマスクと温かいコーヒーでも買って来ようかと思った時、電車が駅に着いたらしく、人気《ひとけ》のまばらだった改札口に人の波が押し寄せて来た。狭い改札口から、通勤帰りの会社員や学生が吐き出されるのを、鉄男は立ち上がって見ていた。下り電車から降りて来た人の波が切れるまで注意深く眺めていたが、待ち人の顔を見つけることはできなかった。

鉄男は花壇に座り直す。先程駅員からもらった小さな時刻表を見ると、今のは各駅停車で、五分後に急行が停車する。コンビニに行っている時間はないなと鉄男は諦《あきら》めた。

木枯らしが吹きすさぶ夜の中に、鉄男はひとり座り込み、家路を急ぐ人々の姿を眺めた。背中を丸め、寒さに肩を震わせ、バスを待つ人の群れ。そして駅裏の駐輪場から自転車やバイクを出して来る人々。

鉄男は、さとるがスクーターに乗れないことは何となく納得できるが、あの母親と活発なみつるがどうして乗らないのか不思議だったのだが、その理由が原付に乗るようになって分かった。駐輪場だ。急行が停まるぐらいだから、利用者の多い駅なのに、自転車やバイクが停められるスペースが極端に少ない。そしてその駐輪場は一年更新の契約制になっていて、最初に抽選で当たった人はまず解約したりしないのだ。キャンセル待ちをしていても、それはもう何人待ちだか分からない。どう考えても三桁《けた》だろう。路地裏などに違法駐車している人もいるが、あの母親はきっと自分の美学がそれを許さないだろうし、みつるはきっと、面倒くさくなって歩いた方が早い、とでも思っているに違いない。それにもし運良く駐輪場が当たっても、雨の日は使えない。バスの路線を外れているさとるの家までは、歩いて帰るしかない。

こんなふうに木枯らしが吹く真冬の日も、熱帯夜の続く夏の夜も、彼女達はあの坂を自分の足で上がるのだ。仕事に疲れて体調の悪い日も、家に帰るために、あの坂を足を引きずって登って行く。そして、かつてはあの父親も。もしかしたら、さとるが毎日坂の下まで買い物に行くのは、そんな家族に対する罪悪感からだろうか。

さとるはあの後、まるで放心したようになってしまい、ダイニングテーブルの上にあった薬袋から二粒錠剤を出すと、鉄男の目の前で飲んだ。

鉄男がそれは何？　と聞くと、さとるは「睡眠薬」と呟《つぶや》いた。

そんなものを飲んでいるのか、と詰め寄る鉄男に彼女はかすかに微笑み、うちはみつる以外は全員飲んでるよと平然と言った。

さとるはまるで電池の切れそうな人形のように、緩慢な動作でソファに横たわった。

鉄男が必死で、いつから父親はああして籠《こも》っているのか、どういうわけなのか尋ねたのだが、さとるの返答は曖昧《あいまい》だった。

そして「もう眠らせて」と呟いたのを最後に、毛布にくるまり人工的な眠りに落ちていった。ひとり残された鉄男は、もう一度父親の部屋を覗《のぞ》いてみる気にはなれず、彼女の家を出たのだ。

さとるに聞いて、分かったことはいくつかあった。

父親が会社を辞めて家に籠りはじめたのは、四年ほど前だということ。暴れたりすることはなかったけれど、言動はおかしいし、時々奇声を発することもあって、精神科の診断を受けたこと。父はおかしくなる前からずっと、会社から家に帰って来るとあの部屋に籠っていたこと。

さとるは夢の中にいるような口調で、ぽつぽつそこまで話すと、力尽きたように眠りに落ちた。

いつかは打ち明ける気ではいたにせよ、鉄男がさとるの家と家族に馴染《なじ》むまで、鉄男がさとるに夢中になるまで、彼女達はそれを隠していたのだ。そして鉄男が求婚したとたん、隠し持っていたジョーカーを見せるようにして、父親の存在を鉄男に明かした。

そして秘密を暴露したとたん、さとるは睡眠薬を飲んで眠ってしまった。どう考えても、あれは現実逃避としか思えない。鉄男が父親のことを知ったとたん、自分から離れて行ってしまったらどうしよう、気味悪がられて逃げられてしまったらどうしよう。さとるはそれを想像することさえ、耐えられなかったのではないか。だから、もっと取り乱していいはずなのに、いやに淡々として薬を飲み、意識を失ってしまった。

「きれてんなあ、毬谷さんちは」

鉄男はそう独りごちた。急行が駅に到着したらしく、改札口に向かってまた人々が駅の階段を下りて来るのが見えた。

ひとつぶるっと身震いをしてから、鉄男は立ち上がる。そして人込みの中に、毬谷家の女の顔を捜した。いったい、どちらが先に帰って来るか。きれた母親か、必死に正常を保とうとして、けれど逃げきれない妹か。

見つけた。鉄男はポケットに突っ込んでいた凍える手を出した。そしてそれを、彼女に振って見せる。

改札口の前に立ち、にっこり笑って手を振っている鉄男を見つけて、彼女は一瞬目を見張った。けれど、それはすぐ余裕の表情になる。肩をそびやかし、うっすらと人を馬鹿にしたような笑みを浮かべ、堂々とした足取りで彼女が歩いて来た。

とても五十歳とは思えない、美しさだった。

母親が開口一番言ったことは、さとるのことだった。病院に迎えに行ってくれたのか、さっきから何度も電話をしているのに、さとるが出ないのだと、母親は眉間《みけん》に皺《しわ》を寄せて言った。それが心配の表情なのか、娘が自分の思うとおりに動かず苛々《いらいら》しているのか、そのどちらなのかは分からない。

「さとるさんなら、眠っていると思います」

鉄男が言うと、母親は不思議そうな顔をした。

「眠ってる？　そりゃあの子は、しょっちゅう居眠りしてるような子だけど、電話が鳴れば出るわよ」

「睡眠薬を二つ、飲んでましたから」

母親はその台詞《せりふ》を聞いただけで、まるで今日何があったのか全て分かったような顔をした。それは鉄男の錯覚だとしても、彼女には何かしらそういうところがある。何もかもを、あの切れ長の鋭い目は見透かしているのではないかという畏怖《いふ》が拭《ぬぐ》いきれない。

「たぶん夕飯の用意はしてないと思いますよ。何か食べていきませんか」

「そうね」

あっさり承諾すると、母親は革のコートの裾《すそ》を翻して商店街の方向に歩きだした。鉄男は慌てて彼女に続く。昨夜のことを思うと、鉄男はかなりの気恥ずかしさがあったのに、彼女はまるで何事もなかったような顔をしていた。

「何にする？」

鉄男の方を見もせずに、彼女は尋ねた。

「何でもいいですけど」

「あなたに任せるわ。私はこの辺で外食したことないから」

中ヒールの踵《かかと》を小気味よく鳴らして歩く彼女の横顔を見た。この寒さに手袋もマフラーもせず、背筋を伸ばしてじっと前方を見つめている。

何でもいいと言われても、鉄男は内心途方に暮れていた。いろいろと詰問するつもりで来たのだから、ラーメン屋や焼き肉屋では何となく間抜けだ。寿司屋か、それとも無難に喫茶店かな、と鉄男は思う。商店街の先にいつも行くパチンコ屋が見えてきた。すると、手前の階段から、サマディのマスターが看板を持って上がって来るのが見えた。珍しくこんな早い時間から開けるのだ。そうだ、ここならピザもある。まだ早い時間なら空《す》いているだろうし、みつるもこんな時間には来ないだろう。

「少し飲みませんか。あそこ、よく行く店なんですよ」

指さしてみせると、母親は露骨に嫌そうな顔をした。

「クラブ？」

「違います。ちょっと若い人向きだけど、変わった店で面白いですよ。みつるちゃんもよく来てるみたいだし」

意味深に言ってみせると、母親はじろりと鉄男を睨《にら》んだ。けれど、ふいと歩きだしたかと思うと、さっさと地下への階段を下りはじめた。

店の中は思ったとおり空いていた。きっと、開けろ開けろとマスターを急《せ》かしたのであろう二十歳ぐらいの二組のカップルが、ソファに座って飲んでいるだけだった。

母親は店の暗さに、しばらく目をぱちくりさせていた。急に手を繋《つな》がれた彼女が照れているのか、ソファへと連れて行った。照明が暗すぎて、鉄男は彼女の手を取り、奥のそれともそんなことは何でもないのか、表情を読み取ることはできなかった。

「何を飲みますか？」

何でもいい、という答えをもらった鉄男は、カウンターへ行ってピザとジンライムを二つ頼んだ。飲み物だけ持ってソファに戻ると、彼女が腰を下ろしたまま、店内をきょろきょろと見回していた。目が慣れてきて、変な置物やお面が見えてきたのだろう。不慣れで場違いな店に連れて来られて、軽く困惑している彼女は、普通のおばさんに見えた。

グラスを渡し隣に腰を下ろすと、彼女は不機嫌そうに礼を言った。鉄男は肩をすくめる。本当は彼女は「ありがとう」などと言いたくはないのだろう。けれど、それが礼儀だし習慣だし、そう言ってみただけのことなのだ。彼女はずっと、そうやって生きてきたのだろうか。やりたくはないけれど、それが義務だから仕方なく。

「今日、さとるさんのお父さんに会いました」

鉄男は単刀直入に切り出した。話を遠回りさせる必要もないし、聞きたいことは聞くまでだ。

「そう」

グラスに口をつけ、母親はあっさり言った。鉄男の方が驚くような平静さだった。

「驚かないんですね」

「別に。そろそろさとるが話すと思ってたから」

「なるほどね。さとるさんのことなら、何でも分かってるんですね」

たっぷり厭味《いやみ》を込めて言ったのに、彼女は眉《まゆ》ひとつ上げず、ただ背筋を伸ばして座っている。

「どういうことなんですか？」

その冷たい横顔に、鉄男は尋ねた。彼女は鉄男の方を見た。切れ込んだ鋭い瞳《ひとみ》は、まるで子供の頃に読んだ絵本に出てきた魔女のようだ。やはり、彼女は普通のおばさんなんかではない。

「何が？」

「あなたの夫のことですよ。白《しら》を切らないで下さい」

母親はかすかに笑った。そして瞼《まぶた》を伏せる。

「見てのとおりよ」

「見てのとおりって……」

「あの人を見て、あなたはどう思ったの？」

聞かれて鉄男は絶句する。本当に思ったことを口にしていいのだろうかと抵抗がかすめた後、反動のように怒りがこみ上げてくるのを感じた。

「言っていいなら言いますよ。さとるさんのお父さんは病気です。もう何年もあんな状態だっていうじゃないですか。あれじゃ座敷牢《ろう》だ。あんた達が閉じ込めてるんだ」

言い終わっても、母親は黙ってじっと鉄男の顔を見ていた。暗闇の中に浮かぶ、彼女の若くはないけれど整った厳しい顔と、昨夜と同じ珊瑚《さんご》色の唇。

どきりとした時、その唇から大きな溜《た》め息が漏れた。

「病院ぐらい行ったわよ。ちゃんと入院だってさせたわ」

グラスを両手で包み込むように持ち、彼女は酒に視線を落としている。

「だけどね、帰って来ちゃうのよ」

そうだ。さとるも同じことを言っていた。

「家ではあの人、こちらの質問にひとつも答えないし、時々高笑いをしたり、どう見ても錯乱してる感じなのに、病院に行くと正常な人になっちゃうのよ。だから入院させても、自力で帰って来るの。服がなければ他の患者さんのを盗んででも、お金がなければ交番に行って財布を落としたとか言って借りて、家まで帰って来ちゃうのよ」

母親は一口酒を飲む。

「暴力をふるうわけじゃないし、検査をしても統合失調症でも何でもないって。軽い鬱《うつ》病だっていうのよ。そんな患者を無理に病院に閉じ込めてもおけなくて、それでこういうことになってるわけ」

　鉄男はくわえていた煙草をぽろりと落とした。

　では彼は、好んであそこに籠《こも》っているのだ。もしかしたら、彼は正常なんじゃないだろうかという思いが過《よぎ》る。

「最初は狂ってるふりをしているのかと思った」

　見透かしたように母親が言う。

「でも違うみたい。今ではトイレも自分で行かないのよ。放っておくと、赤ん坊みたいにあのまま垂れ流しちゃうの。だから、大人用のおむつをさせてるし、さとるがいる時は時間を見てトイレに連れて行ってるみたい」

　連れて行ってるみたい？　鉄男は落ちつこうとしてくわえた煙草をまた落とした。では、彼の世話はさとるの仕事で、母親は関知していないということなのだろうか。

　問いただそうかと思った時、マスターがカウンターの向こうから手招きしているのが見えた。ピザができたのだ。

　母親のグラスも空になっていたので、ピザと飲み物をもらいにカウンターに向かった。注文を受けたマスターは、酒瓶の蓋《ふた》を開けながら鉄男に「誰？」と聞いた。

　三十をいくつか超えているように見えるマスターは、普段客になど興味を示さない。しかし、あまりにも場違いな人間を連れて来たので、さすがに興味が湧いたのだろうか。

「お袋」

「嘘つけ」

「どうしてさ。本当かもしれないだろ」

鉄男が軽く言うと、マスターは口の端を歪《ゆが》めて笑った。

「親子があんな怪しい雰囲気になるかよ」

「……怪しく見えた？」

「さあね。ま、いい女だよな」

それだけ言うと、マスターはグラスとピザの皿をよこした。そしてそっぽを向いて煙草に火を点《つ》ける。

鉄男はそれを持ってテーブルに戻る。ソファに深く腰掛けて、さりげなく足を組んだ彼女は、もうすっかりこの場所に溶け込んでいた。場違いな所に連れて来て、優位に立とうとしていた鉄男はそれが失敗したことを知った。どこへ連れて行こうと女王様は女王様なのだ。

しばらく二人は黙って酒を飲み、気まずい感じでピザを口に入れた。ここでピザを食べたのは初めてだが、お世辞にもおいしいとは言えなかった。しかし母親は仏頂面のまま、自分の分を平らげた。紙ナプキンで口を拭《ぬぐ》い、残りの酒に口をつける。どうやら酒も強いようだ。

「おいしかった」

文句を言うのかと思ったら、彼女がそう言うので鉄男は驚いた。

「そうですか？」

「ピザなんか食べたの、何年ぶりかしら」

「ああ、そういえばさとるさんもそんなこと言ってましたよ」

「あらそう」

母親は簡単に返事をした。

「宅配ピザも、お宅ではご法度なんですってね」

鉄男が言うと、母親は肩をすくめる。

「そうね。うちは出前は取らないわね」

「どうしてですか？」

「どうしてって、高いからよ。栄養も偏るし」

「たまにはいいじゃないですか」

「そうやって何でも〝たまにはいい〟をつくっていくと、人間は堕落するのよ。たまには朝寝坊をしてもいい。たまには学校をさぼってもいい。たまには門限を破ってもいいってね」

鉄男は大きく溜め息をついた。

「そういうことに、何の意味があるんです？　食事の時にテレビを見ちゃいけないとか、話をしちゃいけないとか」

「行儀が悪いわ」

「行儀だけよくても、幸せになんかなれませんよ」

ふんと彼女は鼻で笑った。鉄男はそれでむかっとする。

「あなたは真面目な人かもしれない。立派な人かもしれない。でも娘をそうやって正しく厳しく育てて、結果はどうです？　娘さん達が幸せそうに見えますか？　娘さんだけじゃなくて、あなたの旦那《だんな》さんはどうです？　それにあなた自身はどうなんですか」

母親は冷えた眼差《まなざ》しで、じっと鉄男の顔を見た。そしてだるそうに頭を反らせる。

「カウンセラーみたいなことを言うのね」

「え？」

「精神科の医者よ」

「お父さんの？」

「違うわ。さとるの方」

鉄男はぎくしゃくと頷《うなず》く。そうだ、さとるは言っていた。電車に乗れず、幻聴が聞こえることで医者に行ったと。

「何もかも、母親のせいなの？」

彼女は目を細めて鉄男を見つめる。

「あの子の生理がないのも、あの子が一人で何もできないのも、全部私のせいだというわけ？　登校拒否も他人とうまく付き合えないのも、さとるのせいじゃなくて、私の育て方が悪かったっていうの？」

見据えられて鉄男は動けなくなる。頭の中に渦巻いていた怒りが、行く先を失って戸惑うのが分かった。

「心理学が何よ。そうしたら、私がこうなったのは私の母親のせいじゃない。その母親を育てたのは祖母よ。どうして育てた人間のせいにするのよ」

母は嘲笑《ちょうしょう》を浮かべ、鉄男を見ている。

「さとるが電車に乗れないんであれば大学は中退させたわ。働けないんなら家にいていいことにしたわ。病院にも通わせた。あなたと付き合うのだって認めているじゃない。これ以上、私にどうしろっていうのよ。抱きしめて頭でも撫《な》でてやれっていうの？　それで解決する問題なの？」

詰問されて、鉄男は一瞬言葉を失う。けれど何とか反論した。

「でも、あなたは娘に、自分の夫の下《しも》の世話まで押しつけてるじゃないか」

「押しつけてる？　何言ってるの。あの男は私の夫だけど、もともとは血の繋《つな》がってない他人よ。さとるは血の繋がった娘じゃない。面倒を見て当然よ」

今度こそ鉄男は何も言い返せなかった。母親の言うことは正論かもしれない。今、さとるが家を出るというのは、病気の父親を捨てていくということになるのだ。自分の父親の世話を、母親にだけ押しつけることになるのだ。けれど、何か違う気がした。それが何だか分からない。

「さとるを好きなの？」

突然母親が、柔らかい声でそう聞いた。鉄男は予想していなかった質問に、思わず正直に頷いた。

「ええ」

「結婚したいならしてもいいわよ。でも、分かったでしょう。さとるはあの家から出られないのよ。何もあなたにまで、夫の世話をしろなんて言ってないわ。ただ家から会社に通ってくれればいいだけ」

鉄男はグラスに残った酒を飲んだ。たった二杯の酒で酔いが回ってくるのが分かった。無理もない。昨夜はほとんど寝ていないし、それからいろんなことがありすぎた。

母親は余裕の笑みを浮かべて、こちらを覗《のぞ》き込んでいる。暗闇に浮かんだ魔女の顔。彼女だってほとんど寝ていなくて仕事にも行っているはずなのに、どうしてこんなにもタフなのだろう。

「それは無理です」

鉄男はそう呟《つぶや》いた。疲れきっている。何もかも放り出し、寝床にもぐり込みたかった。

「じゃあ、さとるのことは諦《あきら》めなさい」

「それで、婿に来てくれる男をまた捜すわけですか？」

母親は答えず、ただ横顔だけを見せている。その白いこめかみに向かって鉄男は言った。

「四月になったら、僕は田舎に帰るんです」

ゆっくり彼女がこちらに顔を向ける。両目に驚きの色が見えた。

「こっちで就職が決まったって言ってなかった？」

「嘘なんです」

鉄男は息を吐いた。

「四月から、家業を継ぐんです。東京で就職するっていうのは全部嘘です」

「じゃあ何？　さとるとは、春になったら別れるつもりだったのね」

「はい」

眉間《みけん》に皺《しわ》を寄せた彼女の表情。この後、怒りを爆発させるだろうか。それとも、嗤《わら》うのだろうか。婿に来るのでなければお前は用なしなのだと。

彼女は自分のグラスを手にすると、それを鉄男の頭上まで持っていき、ゆっくりと傾けた。もう中身は四分の一ほどしか入っていなかったが、氷とそれが解けたものが頭から首筋に流れ落ちた。

母親の瞳《ひとみ》に、燃えるような憤怒《ふんぬ》があった。誰かに似ている、と鉄男は思った。そうだ、みつるだ。同じような状況になったことがあった。やはり母娘なのだと見当外れなことを考えていると、彼女がソファから立ち上がった。

鉄男は引き止めなかった。母親も、もう鉄男を振り返らなかった。畳んで置いてあったコートを手にして、彼女は出口に向かって行く。そのしっかりした足取りを、鉄男とマスターが見送った。

扉の外に母親が出て行くと、鉄男は両手で顔を覆って大きな溜《た》め息をついた。

一番聞きたかったことが、聞けなかった。

昨夜、どうして自分と寝たのかと。あの激しい交わりはいったい何だったのかと。


さとるは、父親の部屋の座布団の上に座っていた。

六畳の和室は、石油ストーブが焚《た》いてあるので暖かいどころか暑いぐらいだった。父親は万年床の上でやはり正座をしていた。二人は向かい合っている。

父親の体は、ぐらぐらと揺れている。睡眠薬の副作用のせいで、いつも彼は朦朧《もうろう》としているのだ。薬が強くなってきたここ最近は、吐いたり失禁したりすることも増えた。

彼は痩《や》せてはいない。この部屋を、さとるがトイレに連れて行く時以外は出ないのに、食事は昔と変わらない量を食べ、テレビを見ながら袋菓子を頬張ったりもする。昔から小太りではあったが、今の太り方は会社に勤めていた頃と明らかに違う。肌に張りがなく、ぶよぶよとして気味が悪い。

父親が会社に行かなくなったのは、さとるが二十歳の時、四年前のことだ。

原因ははっきりしている。父の恋人だった、さとると同い年の少女が自殺未遂を起こしたのだ。そしてその子は、郷里に帰ってしまった。

父はそれから、魂が抜けたようになってしまった。黙って会社を辞めこの部屋に閉じ籠《こも》り、一歩も外に出ようとしなくなった。怒った母親は、食事も何も作ってやることはないと言っていたが、さとるは母が仕事に行った隙に父に食事を持って行き、風呂《ふろ》にも入ろうとしない父の体をタオルで拭《ふ》いた。

父はさとるのすることを拒否しなかったが、感謝もしなかった。ただ焦点のあっていない虚《うつ》ろな目で、あらぬ所を眺めているだけだ。

半年もたった頃には、さすがの母もこのままでは困ると思ったらしく、父を無理矢理タクシーに乗せて病院に連れて行った。

けれど、頼み込んで何度入院させても、父親はここに戻って来てしまった。そして何を語るでもなく、自殺を企てるでもなく、ただ一日中うつらうつら眠り、起きている時は耳にイヤホンをつけて、ぼんやりとテレビを眺めていた。そして時々、奇声を発することがあった。母親はそれを嫌がり、病院からもらってきた精神安定剤を多めに飲ませろとさとるに指示した。

それから、精神安定剤は睡眠導入剤になり、睡眠薬の弱いものになり、今ではかなり強い睡眠薬を父に与えている。最初は食事の中に混ぜていたのだが、分かっているのかいないのか、父はそれを積極的に飲むようになった。だから、一日のほとんどを父は眠って過ごしている。そのおかげで、さとるはたまには家を留守にし、図書館で半日をのんびり過ごしたりできるようになった。

それでも家にいる時、さとるも母もみつるも、音に対して敏感になっていた。今でもほんの時折、父は狂ったように笑い声をたてたり、自分から柱に頭を打ちつけ、慟哭《どうこく》する時がある。隣近所の人達も、それに薄々気がついているようだ。父の発作に素早く対応できるように、家はしんと静かになった。音楽も聞かず、テレビも天気予報ぐらいしか見ず、大きな音がする振り子時計は止めてしまった。

今、父親は肩を落としてうつむいたまま、何かもごもご呟いている。

以前は、家族とは一言も口をきかなかったのに、今はさとるの質問には答えてくれる。

前から冴《さ》えない男だった父が、今は不精髭《ひげ》も白髪になり、歯は不気味な色に変色して、頭のてっぺんが薄くなった髪は、ぼさぼさに伸びている。時折さとるが切ってはやるのだが、彼にはもう鏡を見るという習慣がなくなっていた。

どうしてこんな男に、自分と同い年の恋人がいたのか、さとるはずっと謎に思っていた。妻に馬鹿にされ、娘二人にも相手にされなかった男なのに。

さとるは父親がずっと嫌いだった。いや、今ではこう思う。何も分からない無邪気な子供の頃は、父が大好きだった。穏やかな話し方をし、さとるを公園や動物園に連れて行ってくれた父。母親のヒステリーから逃げ込める場所である父の胸。

ずっと好きでいたかったのに、いさせてくれなかった。父はさとるが大きくなるにつれて、どんどん卑屈で弱い男になっていった。給料が安い、まだ課長になれないのか、家のひとつでも買ってみろ、という母の暴言に、父はただうつむいていた。そして、黙って会社と家を往復し、給料を全て母に渡していた。

母の容赦ない叱責《しっせき》から守ってくれるはずの父は、ただただ身を縮めているだけだった。

この家で母に正面から逆らったのはみつるだけだった。

みつるは小学校の一年生の時、もう父を馬鹿にしていた。お母さんも嫌いだけど、お父さんはもっと嫌いだと。どこで覚えてきたのか、女房の尻《しり》に敷かれた情けない男だ、とみつるは言った。たった六歳で。

それでも、家族が家族らしい時もあった。母の機嫌がよく、みつるもそれによって情緒が安定している時、さとるはどこかに遊びに行こうと皆を誘った。父にレンタカーを借りるように頼み、四人で海に出掛けた日もあった。みつるははしゃぎ、母はいつもの仏頂面をやや崩して微笑んだ。家族で唯一運転のできる父に、その日皆は頼ったのだ。さとるは父を少し好きになった。こんなふうな毎日が続いたらどんなにいいだろうと、さとるは子供心に思った。

そのいい時は、少し続いた。父が課長に昇進し、家を買って狭い団地を出ることになったのだ。子供も大きくなったし、母も教職に戻れば、ややきつく組んだローンも楽に払えるだろうということになった。

しかし、徐々に家族はおかしくなった。喜んで再び働きに出たはずの母が、苛々《いらいら》することが増え、父と娘二人に当たり散らした。父の顔色はどんどん悪くなり、さとるも精神的に不安定になった。高校をさぼりがちになり、何とか大学は受かったけれど、電車に乗るのが恐くなり、学校に通うことができなくなってしまった。

その矢先だった。父に愛人がいるのが分かったのは。

ひょんなことで分かった、というのではない。父が自ら打ち明けたのだ。朝の食卓で、母とさとるとみつるの三人を前に、父は言った。

付き合っている女性がいる。その人を愛している。その人と暮らしたいから離婚してほしいと。彼は「すまない」と頭を下げた。

あまりのことに、誰も口がきけなかった。実は宝くじで一億円が当たった、と聞いてもこれほどは驚かなかっただろう。父が何を言っているのか、三人の女は理解できなかった。

とりあえず今日は会社に行くと父が出掛けてしまった後、三人はやっと事態を把握した。母は今まで見てきた中で一番すごいヒステリーを起こし、家中の皿や茶碗《ちゃわん》を床に叩《たた》きつけて割った。みつるは狂ったように笑い転げ、さとるは部屋の隅で膝《ひざ》を抱えてただ泣いた。

そして、冷静になった母がしたことは、こうだった。何日かは、まるで何事もなかったように過ごした。その間に母は興信所を使って父の愛人が誰かを探り出した。

それが父の部下で二十歳の女の子だと分かった時には、母よりもさとるが逆上した。眩暈《めまい》がするほどの激しい憤怒。さとるは母と同じように、そこにあった食器を割った。それによって、さらに膨れ上がる激しい怒りで目の前が真っ赤になった。

自分の娘すら満足に愛してくれなかった父が、何故見知らぬ同い年の女の子を愛するのか。どうして他人を、父が愛するのか。

かつて惜しみない愛情を注いでくれた父親が、今はその愛情を他の少女に向けているのだ。そしてこの家を出て行くと言う。

私が何をしたのだろう、とさとるは手を握りしめた。さとるだけは、母とみつるのように父を馬鹿にしたりはしなかった。ほとんど口はきかなかったけれど、さとるは生活費を稼いできてくれる父への感謝を忘れたことはなかった。父さえもっとしっかりしてくれたら、この家はもう少し雰囲気がよくなるのにと思っていた。そしていつか父が、母に向けて溜《た》まりに溜まった怒りを爆発させてくれる日が来るといいと祈っていた。その時が来れば、きっと家族がまた仲良くなれるはずだと思っていた。

なのに何故、父は出て行くのだろう。家族を愛することを放棄して、どこかの知らない女を愛するのだろう。

プライドを傷つけられたのは、母も同じだ。父のことなど、愛してはいなかった母。けれど、馬鹿にし、給料を運んで来るだけだと思っていた男が、恋愛をして家を出て行くというのだ。

だから母の復讐劇《ふくしゆう》に、さとるは反対しなかった。母とさとるは父の恋人のアパートに乗り込んで行った。

母は、不倫が世間では流行《はや》っているようだけれど、考えが甘すぎる、私達はあなたを訴えることができるのだ、賠償金を請求することができるのだとその子に言った。

おとなしそうで、さとるよりももっと地味なその子は、目を大きく見開き、ただ口をぽかんと開けていた。

同性と面と向かい、恐くない、と思ったのはさとるは初めてだった。さとるは彼女の頬を力いっぱい張った。そして武者震いしたまま毒づいた。

父はあなたのことなど愛していない。愛人騒動はこれで三度目だ。父はああ見えても、純朴なふりをして若い女の子を騙《だま》すのがうまいのだ。私達はそんな彼の後始末を、こうやってしょっちゅうやっているのだと、さとるは嘘をついた。

そして、こうも言った。父は家族を愛している。私達を捨てるはずがない。捨てられるのはあなたなのだと。そんなことは、女性誌にいっぱい書いてあるでしょうと。あなたみたいな野暮ったい女を、いい大人の男が本気で好きになるわけないじゃないと。

その日はそれで引き上げた。つまり、二人が別れるまで何度でも押しかける気だったのだ。だからその日は、母親とさとるにしてみれば、ほんの序の口だったのだ。次は会社に怪ファックスを送ろうか、彼女の部屋の郵便受けに納豆でも入れてやろうかと相談しながら家に帰ったのだ。

数日後、その子が自殺を図ったことと、それが未遂に終わったことを父の口から聞いた。そしてそれきり、父はあの部屋に籠《こも》ってしまった。文句ひとつ、恨み言ひとつ言わずに。

彼女の自殺未遂が本当かどうか、母も半信半疑だったのだろう。以前頼んだ興信所に、もう一度事の真偽を確かめさせた。

それは本当だった。彼女は風呂場《ふろば》で手首をざっくり切っていたそうだ。普段なら、そういうことはしないような強い子だったらしいが、少し前に両親をいっぺんに亡くしていたそうだ。それも商売上の失敗が理由の心中だった、と。

それを聞いてから、さとるはまる三日、毛布を被《かぶ》って震えていた。恐ろしかった。自分のしてしまったこと、そして自分の中に確かにある母と同じ鬼の血が、心底恐ろしかった。

父は彼女の孤独を救おうとした。それを、母親とさとるがめちゃくちゃにしたのだ。母はそれから、その事件のことは一切口にしていないし、父の世話も一切しない。さとるはせめてもの罪滅ぼしのつもりで、父の身の回りの世話をしている。みつるは時間がある限り手伝ってくれるが、母は頑《かたく》なまでに父を無視している。

みつるが以前、お母さんの旦那《だんな》なんでしょう、どうしてお姉ちゃんに押しつけて平気な顔をしてるのよ、と母に文句を言ったことがあった。その時母は、薄笑いさえ浮かべてこう言ったのだ。

お父さんと私は他人よ。あなた達は血が繋《つな》がっているじゃないのと。

みつるはそれで余計腹をたてていたが、さとるは納得してしまった。あれは私の父親だ。自分が父をあんなふうにしたのだ。自分はここから離れることはできないのだと。

そんな冷酷なことを言った母だが、何故だかこの家を出て行こうとはしなかった。他人ならば、蒸発でも何でもしてしまえばいい。なのに出て行かないのは何故だろう。ローンを払うために、アルバイトで予備校の講師も務め、ほとんど休みなしで働いている。

そして、あの急坂を毎日へとへとになって上がって帰って来る。母が欲しいものは何なのだろう。父を追い出し、この家を自分ひとりのものにする気なのか。それとも、やはり母も家族から離れられないのだろうか。

「先生、どうかしましたか？」

その時、父がそう尋ねてきた。

「いえ、何でもないんです。ちょっと暑いですね。ストーブを消しましょうか」

さとるは白衣の袖《そで》をまくり、答えた。そして父に尋ねる。

「それで、復讐はいつ、どういうふうにするつもりなんですか？」

7

復讐ですか。

もうしてますよ、先生。これがわたしの復讐なんです。わたしは決してこの家を出ません。それがわたしにできる唯一の、そして一番有効な復讐なんです。

あの子が自殺未遂をして、とうとう一度も会ってくれないまま故郷に帰ってしまった時、わたしは死ぬことも考えました。だって、そうでしょう。生きている意味などありません。何のために、わたしは生きていったらいいんですか。わたしをこんなにも傷つけ、よその娘さんを自殺未遂に追い込んだ妻と娘のために、何故働かなくてはならないのでしょうか。

でもわたしは、死にませんでした。どうせ死ぬのなら、あの残酷な妻と娘に、自分達がどういうことをしたのか、分からせてやりたいと思ったからです。

ここはわたしの家です。わたしが建てたんです。わたしが家族のために、煙草はおろか、ガム一枚買わずに頭金を貯めて、やっと建てた家です。わたしがここに住む権利は当然あるわけです。

何故わたしだけが、ローンを払わなくてはいけないんでしょうか。これからは、あいつらが払えばいいんです。今までわたしは、妻のために、娘のために、いろんなことを我慢してきました。汗水垂らして働いた、その結果がこれです。わたしはいったい何のために家族に尽くしてきたのでしょうか。

家族を捨ててどこかに逃げて、一人で一から人生をやり直す、という思いも頭を過《よぎ》りましたが、もうわたしにはそんなエネルギーも若さも残ってはいませんでした。あいつらに骨までしゃぶられて、もう何も残っていません。

だからわたしは、ここにいるのです。

わたしを捨てて、あいつらは家を出て行くかもしれないとも思いました。それならそれでいいと思っていたら、あいつらはそれどころか、わたしを狂人扱いして、病院に捨てようとしたんです。

ええ、わたしは狂ってなんかいないですからね。入院させられても、簡単に帰って来られますよ。

それからわたしは、ずっとここにいます。さとるが世話をしてくれるのですが、今頃機嫌を取ろうとしても遅いんです。今更罪の意識を感じても、あの子はもう戻って来ません。

でもね、先生。わたしはもう疲れました。

妻を娘を、それから自分の不甲斐《ふがい》なさをわたしは憎んでいました。でも不思議ですね、憎しみというものは時間と共に薄れていって、何か別の感情になるんです。悲しいとか、淋《さび》しいとか、そういうのとも違うんです。虚《むな》しいっていうのが近いかな。でも、もっと底無しの井戸みたいな感じです。喪失感？　ああ、それに近いかな。

　娘のさとるが、わたしにいつも薬を持って来るんです。最初の頃は、食事に混ぜたりしていたようなんですが、すぐにそれに気づきましてね。睡眠薬なら、そんなことをしないでも自分で飲むから、と言いました。

　有り難いぐらいでした。どうせすることもないし、薬でも飲んで眠っていられるなら、それが一番わたしにとっても気楽だったんです。最初弱かった薬が常用していくうちに効かなくなって、だんだん強いものをさとるが持って来るようになりました。それでわたしは、一日の半分以上は気を失って、起きている時も朦朧《もうろう》としているんですよ。

　最近は、娘が持って来てくれる食事を口にしても、もどしてしまうことが多いんです。それに、気がつかないうちに、下の方も漏らしてしまうこともあるんですよ。もしかしたら、薬の副作用なのかもしれないですね。

　でも、もういいんです。

　このまま、本当に狂ってしまうまで、わたしはここにいるつもりです。

「今日はここまでにしましょう」

さとるは白衣の襟を触りながら、そう言った。父親はぺこりと頭を下げると、のろのろと体を動かして布団の上に横たわった。

さとるは立ち上がり、部屋を出て後ろ手に襖《ふすま》を閉めた。そして両手で口許《くちもと》を覆い、その場にずるずると崩れ落ちる。

父と話をした後は、いつも気分が悪くなる。しばらくそこから立ち上がれないほどだ。廊下に座り込み、肩で息をして、さとるは目をつむっている。

　白衣を着たさとるのことを、父は心理カウンセラーだと思い込んでいる。一年ほど前に、さとるはふと思いついて、薬学部で使っていた古い白衣を出してきた。

父の愛人の自殺未遂事件があってから、父は家族の者とは誰とも口をきかなくなった。もうすっかり諦《あきら》めかけていた時、さとるは思い出したのだ。父を病院に連れて行った時、精神科の女医さんとは、ぽつぽつと話をしていたことを。

さとるも、カウンセリングを受けたことがある。さとるは何人か会ったカウンセラーに、結局心を開くことはできなかったが、世間話程度ならできたのだ。当たり障りのない天気の話、読んだ本の話、図書館の人が親切にしてくれた話。

だからさとるは、駄目でもともとのつもりで白衣を着てみた。そして父の前に座り、派遣されて来たカウンセラーだと名乗ってみた。

それまでは、本当に父の精神は壊れてしまっているのか、それとも正常だけれど異常なふりをしているのか、さとるには分からなかった。けれどそれで答えが出た。父はもう正常ではない。白衣一枚まとっただけで、彼には目の前の女性が娘であると認識できないのだから。

父は質問に何でも答えてくれた。知りたいことは、全部教えてくれた。

しかし、さとるは今では後悔している。知りたくなかった。父がそんなにも、あの部下の女の子を愛していたことを。そして、同い年の自分の娘には、その十分の一の愛情も、既に持ってはいないことを。

泣いても仕方がないことだ。父を追い詰めたのは、母と自分だ。けれど、意志に反して嗚咽《おえつ》が喉《のど》からせり上がってくる。息を止め、さとるは声を出さずに泣いた。

小さい頃は父が好きだった。整髪料の匂いと、父の背広のざらざらした手触りがとても好きだった。さとるが父を愛していたから、父もさとるを愛してくれた。どちらが先に、その愛情をなくしたのかは、鶏と卵のようなものだ。気がついたら、愛してくれないのなら愛せないということになっていた。

では、父と母はどうなのだろう。あの独裁的な母が、何故父と別れずにここまできたのだろうか。家を建てさせ、ローンを払い終えさせたら追い出すつもりだったなんて、さすがに考えたくはないが、もしかしたらそうなのだろうか。

父はもう、長生きはしないだろう。さとるが渡している強い睡眠薬で、きっと父の内臓はぼろぼろになっているはずだ。食欲もめっきり落ちてきているし、顔は土気色《つちけいろ》だ。

母は、父が死ぬのを待っているのだろうか。自分では何ひとつ手を汚さず、ロープも包丁も持ち出すことなく、娘が父親を殺すのを待っているのだろうか。そして娘である自分も、殺人罪に問われたりはしないだろう。

「……鉄男、鉄男」

さとるは、しゃくりあげながら恋人の名前を呼んだ。彼は先週、とうとうさとるにプロポーズしてくれた。その時、天にも昇るような歓喜と、強烈な後ろめたさがいっぺんに押し寄せ、さとるはどうしたらいいか、まったく分からなくなってしまった。

母と相談したとおり、見合いをさせられそうだと言い、生理がないことも告げた。そして成り行き上、妊娠ではなく、さとるにはずっと生理がないことと、電車やタクシーにひとりで乗れないことを告白してしまうことになった。そして、それを聞いた鉄男の表情には明らかに同情の色が見えた。

結果的に母の策略どおりになった。鉄男と結婚したかったら、彼に「放っておけない」と思わせること。

それでもいい。同情でも、憐《あわ》れみでもいい。それは単に言葉でしかない。鉄男は自分を好いてくれている。彼と結婚したい。いっしょに暮らしたい。彼のために食事を作り、彼の帰りを待って暮らしたい。守ってほしい。抱きしめてほしい。

けれど、喉から手が出るほどの愛情への欲求と裏腹に、コールタールのような黒くて重い感情が胸の奥にへばりついていた。それが何だかよく分からない。

鉄男はこの家には住めないと言っていた。だから、父に会わせたのだ。さとるがこの家からどうしても離れられないことを、彼は分かってくれただろうか。

あれから一週間、鉄男からは何の連絡もない。とてもこちらからは電話できなかった。もしかしたら、彼は逃げたのかもしれない。父の姿を見て、不気味に思い、こんな家には係《かか》わりたくないと思ったのかもしれない。

寄り掛かっていた襖の向こうから、父のかすかな唸《うな》り声が聞こえてきた。そろそろ、また薬を飲ませなくてはいけない。

さとるは力なく立ち上がり、のろのろと白衣を脱ぎながら廊下を歩きだした。


その夜は、いつにも増して寒かった。

庭の物置まで出て、ストーブのカートリッジに灯油を入れたさとるは、冬の夜空を見上げた。氷のかけらのような三日月に、自分の吐いた息が白くかかる。さとるはパジャマの上に羽織ったカーディガンの襟をあわせて身震いをした。風呂《ふろ》上がりのほてりは、あっという間に厳しい冷気が持ち去り、パジャマの裾《すそ》から入り込む夜風に鳥肌がたった。

今日も一日が終わる。そして自分の家の自分の部屋でいつもの毛布にくるまって眠り、また朝を迎える。そしてまた、同じような一日がはじまるのだ。変わるのは季節だけで、あとは何も変わりはしない。

明日なんか、もう来なければいい。

胸の中でさとるは呟《つぶや》いた。けれど、そう思ったところで、願いは叶《かな》えられるはずもない。さとるは灯油の容器を持ち上げ、サンダルを鳴らして玄関に向かった。

リビングに戻ると、もう二階で寝ていると思っていた母がまだ起きていた。灯油の容器を持ったさとるの手元を見て、ぶっきらぼうに「御苦労様」と言った。

曖昧《あいまい》にさとるは頷《うなず》き、ストーブにカセットタンクを入れる。母がいなければ、さとるもこのまま部屋に戻って寝てしまうつもりだった。けれど、母はソファに腰掛け、週刊誌に目を落としている。いつもきっちりシニョンに結い上げている髪は、洗ったまま肩の上に落ちている。さとると同じように、パジャマの上にカーディガンを羽織り、素足にスリッパを引っかけていた。

「まだ寝ないの？」

さとるは母に尋ねた。雑誌に落としていた視線を母は上げた。

「ストーブ点《つ》ける？」

「そうね」

さとるがストーブの前に屈《かが》み込みスイッチを入れると、母は雑誌を脇に置いた。

「あなた、本当にお見合いしなさいよ」

響きのない平坦《へいたん》な声で、母は言った。さとるはソファを振り返る。

「鉄男君は駄目だわ。私が捜してくるから、あなたは見合いして結婚しなさい」

まるで、灯油がなくなったから入れておきなさい、と言うような当たり前さで、母はそう命令した。

さとるは返事ができなかった。まだ母には鉄男に求婚されたことを話していない。本当はすぐにでも言いたかったのだが、鉄男が「この家には住まない」と言っていたことが引っ掛かっていた。母に報告するのなら、同居を約束してもらってからの方がいいと思ったのだ。

「でも、私」

「でもじゃなくて。あの子は駄目よ」

きっぱり言われて、さとるは思わず母に言い返す。

「どうして急にそんなこと言うの？　鉄男は結婚してくれるって言ってたわ。お母さんも賛成してたじゃない」

母の切れ込んだ厳しい目が、ほんの少し見開かれた。

「結婚しようって言われたの？」

「……うん」

「いつ？」

「先週かな……」

「ああ、あなたを病院に迎えに行ってくれた時ね」

洗いたての髪を掻《か》きあげ、母は何故だかくすりと笑った。パジャマの胸元が白くなまめかしい。そうしていると、母はとても若く見える。

「それで、どう言われたの？　ただ結婚しようって言われたの？」

ソファの前につっ立ったまま、さとるは頷いた。何だか、からかわれているような感じがした。

「で、さとるはなんて返事をしたのよ」

さとるは慎重に考えてから、答えを口にした。ここで母の気に入らないことを言ったら、きっとまたヒステリーを起こすだろう。

「ここに、いっしょに住んでほしいって」

「ふうん。それで鉄男君は？」

パジャマの裾を握りしめ、さとるは唇を噛《か》んだ。ここには住まないと言ったことを告げたら、母はどうするだろう。

「駄目だって言われたんでしょう。断られたんでしょう、あなたは」

歌うように母は言った。さとるは握っていた裾を離す。どうして母は知っているのだろう。もし単なる想像だとしても、その確信は何だろう。

「……どうして？」

「どうしてって、本人から聞いたのよ。やっぱりあなたとは結婚しないって」

ぐらりと体が揺れた。さとるはよろけて絨毯《じゅうたん》の上に座り込む。すると、母の微笑んだ顔が、腰を抜かしたさとるをソファの上から見下ろしていた。

「……嘘よ」

「嘘じゃないわよ。本当のことだから、こうやって親切に教えてあげてるんじゃない。まあ、あんまり悩まないことね。さとるは可愛いもの、すぐ次の男の人ができるわよ。見合いをしたって、きっと誰にでも気に入られるわ」

頭の中がぐるぐる回る。いったい、この人は何を言ってるんだろう。さとるは気持ちが悪くなってきて掌で口許《くちもと》を押さえた。

「お父さんに会わせたからだわ」

さとるは呟いた。鉄男の方からプロポーズしてきたのに、急にそれをやめただなんて、原因は父のことしか考えられない。

「ま、それもあるかもね。でも、どっちにしろ、どうせあなたは近いうちに捨てられたのよ」

母の言葉がわんわんと耳に響く。確信に満ちたあの唇。

「鉄男君はね、嘘をついてたの。あの子、四月になったら田舎に帰って実家の仕事を継ぐんだって」

「え？」

「こっちで就職するなんて、嘘だったのよ。春になるまであなたと遊んで、知らん顔でいなくなっちゃうつもりだったのよ」

「どうしてそんな嘘をつくのっ？」

びっくりするような大きな声が出て、さとるは自分でも驚いてしまった。母は組んだ足の先でスリッパをぶらぶらさせて笑っている。

「嘘じゃないわよ」

「そんなこと、鉄男が言うはずないわ。だって」

さとるはそこで息を継ぐ。

「だって？」

「私達、愛し合ってるもの。お母さんには分からないわ」

そこで弾《はじ》けたように母が笑いだした。さとるは羞恥《しゅうち》で顔が赤くなるのを感じた。母は涙さえ滲《にじ》ませひとしきり笑った。

「まったく子供ね」

馬鹿にしたように母は言い切る。さとるは四肢が震えてくるのを感じた。

「あなたのためを思って、言ってあげてるんじゃない。鉄男君は好青年に見えるけど、見かけだけよ。大した玉だわ。あなたはね、単に騙《だま》されただけなの。遊び慣れてる大学生に、世間知らずのあなたは遊ばれただけ」

「……嘘だわ」

床についた手に何かが触れている。脱げてしまった自分のスリッパだとさとるは頭の片隅で思った。

「そう思いたいんなら思ってたら？　でも鉄男君が田舎に帰るのは本当よ。愛し合ってるんだか何だか知らないけど、彼はあなたを置いて田舎に帰るのよ」

その時、母の顔に投げたスリッパが当たった。母は意表を衝《つ》かれて短い悲鳴を上げた。さとるは咄嗟《とっさ》に自分の手を見た。自分が投げたのだとは、信じられなかった。

そのとたん、頬に刺すような痛みが走った。母がさとるを打ったのだ。

「母親に何をするのっ」

さとるの襟元を摑《つか》みあげ、母は再び手を上げる。瞬間的につむった瞼《まぶた》の上にも、火花が散った。

三回、四回、五回。さとるは母に叩《たた》かれた。今までだったら、頭を抱えて体を丸め、泣きながら許しを乞《こ》うただろう。けれど、さとるは母の手が止まったとたん、目を開けて母親を睨《にら》みつけた。母の頬が、一瞬怯《ひる》むように震えたのが見えた。

「いつ、鉄男と話したのよ」

さとるは低く尋ねた。問われた母は、さとるを突き放すように立ち上がり、娘を見下ろした。口許には余裕を見せた笑みが浮かんでいたが、こめかみに力が入っている。興奮している証拠だ。

「あなたが、病院に担ぎ込まれた時よ」

躊躇《ちゅうちょ》することもなく、母はそう言った。

「あの時？」

「そうよ。あなたを入院させてから、鉄男君のアパートに行ったの」

さとるは、しばらくその言葉の意味が分からなかった。何故、母が鉄男の部屋に行く必要があったのだろう。

「寝たのよ」

母は簡単にそう言った。

「え？」

「むしゃぶりつかれて、一晩中やりまくったわ」

母の口から出た、あまりにもおぞましい台詞《せりふ》に、さとるは現実感をなくしかけた。そんな馬鹿なことがあるだろうか。鉄男がこの人と寝るわけがないではないか。

「派手なキスマークがついてたけど？　次の日会ったんでしょう？　気がつかなかった？」

胸の中で、何かがパリンと割れるような気がした。これだけはと思って、子供の頃から大事に取っておいた食器が割れてしまうような、そんな音。

ほんとうなの、と唇から言葉が零《こぼ》れた。母は堂々とさとるの前に立ちはだかっている。その顔には不気味な笑みがあった。

「あんたとするより、よかったって言ってたわよ。でも若い男の子は駄目ね。ただもう動物みたいで、ムードも何もありゃしない」

「……どうしてそんなこと言うの？」

「こういうの、なんて言うんだっけ？　親子丼？」

「やめてよ！」

思わずさとるは母に飛びかかった。大音響と共に母親が床に倒れる。さとるは母の上に馬乗りになって、腕を振り上げた。

その腕を母が摑む。すごい力だった。考える間もなく、左手が母の鼻を拳《こぶし》で殴った。母は唸《うな》り声を上げ、さとるの頰を爪をたてて引っ搔《か》いた。背中でドアの開く音がしたが、さとるは振り返らなかった。

「お、お姉ちゃんっ？」

母の胸の上に跨《また》がったさとるは、抵抗する母を足に力を入れて押さえつける。めちゃくちゃに引っ搔かれながらも、さとるは両方の掌を母の首に巻きつけた。力を入れる。母のかっと開いた眼孔が、さとるを睨みつけている。

そこでさとるは、みつるに力いっぱい突き飛ばされた。バランスを失った隙に、母はさっと下から這《は》い出した。

二人ともやめなさいよ、とみつるが抱きついてきた。その手を振りほどこうともがいていると、再び頰を張られた。息を切らした母が、目をつり上げてさとるを見下ろしていた。

「あんた、気が狂ったのっ？」

「狂ってんのは、お母さんじゃない！」

すかさず、さとるは言い返した。

「何ですって。母親にこんなことして、ただで済むと思ってんの？」

さとるは声を上げた。

「黙れ、ババア！」

みつるが後ろで「ババア？」と呟《つぶや》くのを、さとるは聞いた。

「くそババア！　あんたなんか母親じゃない！」

な、と言ったきり母が絶句するのが見えた。さとるはその隙に、母の下腹のあたり目掛けて、右足を思い切り蹴《け》り上げた。

驚いたみつるが手を緩めた隙に、さとるは急いで立ち上がる。そしてバランスを崩し、ソファによろけて手をついた母に、唾《つば》をぺっと浴びせかけた。

「もう、うんざり。こんな家、二度と帰って来ないわ！」

啖呵《たんか》を切り、さとるはリビングの扉に向かって走りだす。

ドアを開け、玄関に向かう。そこにあったサンダルを引っかけ、さとるは扉を開けた。

そこには凍《い》てつく夜があった。

闇の中に、さとるは躍るようにして駆けだした。

さとるは、坂の下まで一気に下りたところで、我に返った。

自分がパジャマにカーディガン姿であること。一銭もお金を持ってこなかったこと。そして二度と家には戻らないと言ったこと。母に向かって生まれて初めて「ババア」と言ってしまったこと。

ジュースの自動販売機に、さとるは寄り掛かった。鼓動が激しい。ずっと走って来たので寒さはそれほどでもないが、武者震いだろうか手足が激しく震えている。

夜半を過ぎた商店街には、もうほとんど人影はないが、時折酔っぱらいらしいサラリーマンふうの男の姿が見える。さとるは自動販売機の陰に、怪我をした野良猫のようにうずくまった。

こわい。

さとるはしゃがんだ膝《ひざ》を抱えて震えた。

理屈も理性もどこかにいってしまった。何も考えられず、ただ、恐い。

思えば、さとるは生まれてからずっと、ただ怯《おび》えるだけの時間を過ごしてきた。物心ついた瞬間からもう母親を恐れ、学校に入ればクラスメート達を恐れ、恋人が去ってしまうことを恐れ、電車や街で知らない人間を恐れ、父の狂気を恐れた。未来に怯え、そして今現在に怯えている。安心し、ゆったりと目を閉じていられる時間は、男の人に抱かれている時だけだった。

ああ、そうだ、鉄男のところに行けばいいのだ。

さとるはそう思った。

あの父親を、あの狂った家族を捨てさえすれば、鉄男は結婚してくれるのだ。

ここから自分を救ってくれるのは、鉄男しかいない。子供の頃の毛布は家に置いてきてしまった。もう鉄男の肌しか、自分を包んでくれるものはない。

震える足に力を入れて、さとるは立ち上がった。

冷たい三日月は、さとるを猫の目のように見下ろしている。

恐ろしかった。

早く、早く、逃げ込まなければ。

歩きだそうとして、さとるはふと自動販売機を振り返る。夜の中に浮かぶ、温かい飲み物の箱。しかしさとるにはコインがない。

何気なく、釣りの出る小さな返却口にさとるは指を入れてみる。爪の先に、小銭の感触がした。慌ててそれを摑んで出した。

十円玉が一枚。

さとるはそれを握りしめ、初めて神様の存在を信じた。すぐそこに公衆電話の灯が見えている。

サンダルの踵《かかと》を鳴らし、さとるは電話ボックスに駆け寄った。そして、とっくにそらでかけられるようになっている鉄男の部屋の番号を押す。

二度のコール。そして電話が繋《つな》がった。息を吸って話しだそうとした瞬間に、そっけない鉄男の声がした。外出中ですのでメッセージをどうぞ。

さとるは言葉を失った。鉄男はどこだろう。どこにいるのだろう。

こわい。

こわい。

どうしようもなく、恐かった。

助けて。早く、鉄男。助けに来て。


さとるは、サマディの前に立っていた。

あの後、電話の下で三十分ほど泣いていたら、知らない女の子がさとるの肩をそっと叩《たた》いたのだ。

知らない人間が恐いさとるは、思わず身を引いて逃げだそうとした。けれどその女の子は「どうしたのお？」と呑気《のんき》に聞いてきた。

みつるより、もう少し若そうな女の子。よく見ると、かなり酔っぱらっているようだ。パジャマにサンダルという格好のさとるを見て、何ならうちに来る？　と彼女は聞いた。さとるが泣きながら首を振ると、ふうんと息を吐いた。そしてポケットの中から千円札を二枚出すと、タクシーで帰りなよ、とさとるの手に押し込んだ。

さとるがそれを返そうとすると、金曜日はいつもサマディって店で飲んでるから、返しに来てくれればいいよと言った。

サマディ。その店の名前を聞いて、さとるははっとした。前にみつると鉄男が、その店の話をしていた。もしかしたら、鉄男はそこにいるかもしれない。

さとるはその子にサマディの場所を聞いて、ここまでやって来た。

駅からさとるの家とは反対方向に続いている商店街の中、シャッターを下ろしたパチンコ屋の脇に、地下へ下りる階段が続いている。

体が冷え、歯の根が噛《か》み合わないほどだ。一刻も早く暖かい所へ入りたいのに、さとるはためらっていた。

鉄男はいるだろうか。もしいても、こんな姿で現れたら迷惑に違いない。ここまで来たのなら、あと十分歩いて鉄男のアパートに行って待っていようか。

そう思った時、階段の下の扉が開いて若い男が三人店から出て来た。大きな声で笑い、ふざけ、階段を上がって来る。逃げようとしたさとるを、一番前にいた男が目敏《めざと》く見つけた。

「どうしたのさ、そんな格好で」

まるで知り合いに話しかけるみたいにフランクだった。さとるは一瞬知っている人かと思い立ち止まった。

「パジャマじゃない。寒そう。何してんの？」

男達は笑いながら、さとるに話しかける。

「そんなに怯えなくてもいいよ。僕達、悪い人じゃないからね」

「でも、そんな格好して夜中に歩いてたら襲われちゃうよー」

そう言って彼らはまた弾《はじ》けるように笑う。そしてひとりが、泣きそうになっているさとるに気づいたのか、真顔になってさとるを覗《のぞ》き込んだ。

「何かあったの？　誰か捜してんの？」

「……鉄男」

「え？　鉄男？」

すると、もう一人が「ああ」と明るく声を上げた。

「杏大の鉄男のこと？」

さとるはびくつきながらも頷《うなず》いた。

「中にいるよ」

「……ほんと？」

「いるよ。伊東鉄男だろ？　呼んで来る？」

それを聞いたとたん、さとるはその男を突き飛ばすようにして階段を駆け下りた。

鉄男。助けて、鉄男。

もういや。寒いし、恐いし、知らない人が話しかけてくる。

重いドアを押し開くと、音楽の波がさとるを襲った。腹に響く低いリズム。真っ暗な店の中。ちらちらと動く深海魚のような客達。

暗闇に目が慣れないさとるは、しばらく呆然《ぼうぜん》とそこに立っていた。目の前を通り過ぎた女の子がちらりとさとるを見る。瞳《ひとみ》とミニドレスのスパンコールが光る。

けれど、パジャマ姿のさとるに興味を示す者はいなかった。ただ客達はグラスを手に、暗闇の中をゆらゆらと揺れている。

人の間をさとるは彷徨《さまよ》った。素足に履いたサンダルのせいで、指がすれて痛い。店の中は暖かかったが震えは止まらない。次第に目が慣れてくると、あちこちに置いてある小さなフットライトに照らされて、店の中が見えてきた。不気味な置物と、汚れた鏡張りの壁。

そしてさとるは見つけた。

煙草の煙幕の向こうに、いつもの明るい鉄男の顔。彼は横を向いていた。そしてその先には、知らない女の子の顔があった。

彼女が何か言う。鉄男が笑う。女の子も鉄男に抱きつくようにして笑っている。彼のまわりには、大勢の男や女がいた。煙草をくわえグラスの酒を飲み、顔を寄せ合って話しては、赤い唇を歪《ゆが》めて笑っている。

さとるは立ちすくんだ。

暗い天井に、母の冴《さ》えざえと光る双眸《そうぼう》が現れた。その目は嗤《わら》っていた。

言ったとおりでしょう。あなたのためを思って言ったのよ。鉄男君は大した玉なの。私とも寝たんだから。むしゃぶりついて、朝までやりまくったの。あんたは遊ばれたの。まだ分からないの。あんたはただ遊ばれて、捨てられるだけ。それだけの人間よ、あなたは。愛される価値なんかないのよ。

さとるは立っているのがやっとだった。目の前で楽しそうに笑っている鉄男。自分がいなくても、彼はあんなにも楽しそうではないか。

ああ、そうだ。さとるは唐突に納得した。

自分のような人間が、愛されるわけがなかったのだ。どうして忘れていたのだろう。自分が何ひとつまともにできない人間だということを。

鉄男のような男の人が、愛してくれるわけがない。ただ自分は、鉄男に守られ優しさを与えられるだけで、彼には何も与えられないのだ。何もしてあげられない。

さとるといる時の鉄男は、いつも哀しげだった。まるで不具に生まれついた子犬を撫《な》でるように、彼はさとるの髪に触れた。遊ばれたとは思わないが、さとるはあんなにも無邪気に彼を笑わせてあげることができない。

さとるはゆっくり後ろを向いた。

きらびやかな客達の間を、さとるは歩きだす。

帰ろう。

けれど、どこへ。

どこへ帰ろうか。

家に。家族の待つ、自分の家に。

さとるは急坂をとぼとぼと上がった。

タクシーに乗ろうかとも思ったけれど、この期に及んでも、ひとりでタクシーに乗る勇気が湧かなかったのだ。

両方の素足はすれて血が滲《にじ》み、指先は寒さで痺《しび》れて感触がなくなっていた。

あの家に越して来てから、何度この坂を上がっただろうとさとるは思った。何時間も、凍《い》てつく夜の中をパジャマで歩き回ったのだ。体は疲れ切り、脳は痺《しび》れている。いつもつらいこの坂が、今日は心底つらかった。なのに親切な女の子が貸してくれた千円札を使えない自分が情けなかった。

やっとの思いで家までたどり着き、さとるは玄関への階段を二段上がってから、後ろを振り向いた。

まだ夜は明けない。けれど遠くの山々の輪郭が、深い藍《あい》色の空にうっすらと見える。あと一時間もすれば早立ちの鳥が鳴きだすだろう。

しかし、朝など待ち遠しくも何ともなかった。また一日がはじまるだけだ。いったいあと幾日、朝を迎えなければならないのだろう。

さとるは玄関の前に立ったが、さすがにそのノブに手を掛けることはできなかった。母に浴びせかけた暴言と暴力。考えただけで、どうしようもなく恐ろしかった。

痛む足を引きずり、さとるは庭に回った。物置の横を通り抜け、家の裏側に出る。ツツジの植木の向こうに、風呂場《ふろば》の窓がある。しかしそこは格子が嵌《は》められていて入れない。その隣のガラス戸。厚いカーテンで閉ざされたその窓の向こうには、父親が眠っている。

さとるは伸び上がって、そのアルミサッシの窓枠に手をかけた。鍵《かぎ》が掛かっていないことは知っていた。みつるは夜遊びから帰って来ると、ここから家の中に入っていたのだ。

体が入るぐらいの幅に窓を開け、さとるはそこに這《は》い上がった。サンダルを脱ぎ捨ててカーテンをかき分け部屋に入る。

畳の上に下りたって、さとるは窓とカーテンを閉めた。そして部屋の中を見渡す。父は眠っていた。万年床が人の形に膨らんでいる。小さな鼾《いびき》が部屋の中に響いていた。そして鼻をつく尿の臭い。きっとまた失禁したのだろう。

そのとたん、さとるは目を見開いた。

何かわけの分からない感情が、体の奥からせり上がってくるのを感じた。不快で、激しく、痛い。声を張り上げたくなるのを、さとるは必死で堪《こら》えた。

何だろう、これは。

掌に冷たい汗が浮き、心臓が高鳴る。全身が粟立《あわだ》つようだ。貧血とは違う。さとるは息を飲んだ。

父に向かって、一歩踏み出したその時、さとるはその感情を瞬時に理解した。

激しい憎悪だった。

根深く、固く、この家に寄生する憎しみ。

さとるは息を殺して、足を進めた。父は睡眠薬を飲んで眠っている。少しぐらいの音では目を覚まさないのは分かっていたが、さとるは細心の注意を払った。それだけ自分は正気なのだとさとるは思った。

部屋の隅に置いてある、石油ストーブまで歩く。この家のどの部屋にも石油ストーブがあるのは、エアコンでは電気代がかかりすぎるからだ。それだけこの家の家計は厳しかった。

毎月のローンで、母の学校の給料はほとんどなくなってしまう。あのみつるでさえ、自分の給料を半分家に入れているのだ。働けないさとるは倹約に倹約を重ね、欲しい本の一冊も買わず、大根の葉っぱ一枚無駄にせずに生活している。

何もかも、今、目の前で毛布をかぶり、のうのうと鼾をかいている男が悪いようにさとるは感じた。

母の気性の激しさも、さとるの対人恐怖も、みつるが独立したい気持ちを抑え、この家に尽くしてくれていることも、何もかもこの男が悪いような気がした。

さとるは灯油の入ったカートリッジをそっと取り出した。音をたてないようにして、蓋《ふた》をねじって開ける。つんと刺激臭が鼻をついた。さとるはそれを持って、父親の布団のそばに膝《ひざ》を進めた。

容器を傾ける。たぷん、と低い音がする。水とは違う液体が、ぺしゃんこの布団にしみ込んでいく。中身を全部空けてしまうと、さとるは立ち上がって、ストーブのまわりを見回した。確か火の点《つ》きが悪いこの古いストーブのために、柄の長いライターが置いてあったはずだ。

「ここだよ」

そう声がして、さとるはびくりと振り返った。布団の上に半身を起こし、父がこちら
を見ていた。

ゆっくりと右手を差し出す。そこにはライターが握られていた。

さとるは声が出なかった。闇の中で、父の目が柔らかく細められている。

「ほら、火を点けるんだろう？」

父の言葉は、ただ優しかった。子供の頃、手を引いて散歩に連れて行ってくれた時の
ような、そんな話し方だ。ほら、さとる。猫がいるよ。ほら、サルビアが咲いてるよ。

花の芯《しん》を吸ってみるかい、甘いんだよ。

「……お父さん」

「火が恐いか。そうだな、さとるは恐がりだから」

「やめて……」

「線香花火も恐くて持てなかったな。いいんだよ。お父さんが持ってあげるから」

さとるは足元から自分が崩れていくのを感じた。父は微笑んでいる。まるで何もかも、
分かっているように。

「みつるもお母さんも呼んで来なさい。ほら、お父さんが点けてあげるから」

「やめてっ！」

叫んだ時には、もう遅かった。

暗いオレンジ色の炎が、あっという間に部屋に広がった。

「お父さん、お父さんっ」

さとるは夢中で、そこにあった座布団で燃え上がる炎を叩《たた》いた。父の絶叫。

体が熱い。顔が熱い。

火の粉が舞う。さとるは叫んだ。許しを乞《こ》う自分の声。どこからか、人の足音。

目が痛くて、もう何も見えなかった。

呼吸ができない。苦しい。熱い。熱い。

助けて。お父さん。

お父さん。

鉄男は半焼した家の前に、ぼんやりと立っていた。

焼けた面積はそれほど大きくない。一階の和室と風呂場、廊下とリビングの端、そして二階の角も少し焼けた。けれど黒々と炭になってしまった焼け跡は生々しく、家は全部水をかぶってしまっている。焦げた臭いが、まだ少し周辺に漂っていた。

あの日、鉄男がさとるの家に駆けつけた時、ちょうど消防車と救急車が同時にやって来たところだった。

サマディで学校の友人達と酒を飲み、部屋に帰ってみると、さとるから切迫した声でメッセージが入っていた。助けて。早く助けに来てと。そして二件目の用件は、みつるからだった。お姉ちゃんがパジャマのまま家を飛び出して行ったから、もし鉄男さんの所に来たら連絡してほしいと。

いっぺんで酔いが覚めた。鉄男は慌ててスクーターに乗った。するとどこからかサイレンの音が聞こえてきた。遠くない。近い。まさかと思い、鉄男はスクーターをさとるの家に向けた。すると後ろから、消防車と救急車が追い抜いて行ったのだ。

悪い予感はいつも当たる。白々と明けていく空の下で、さとるの家から白い煙が出ていた。野次馬がそれを遠巻きに眺めていた。

消防車が放水をはじめ、銀色の防火服を着た消防士が家の中に踏み込み、数分後に担架が運び出された。

鉄男は野次馬をかき分け、気が狂ったように叫んだ。白いシーツが掛けられた担架が三つ、次々と運び出された。救急隊員がもう一台救急車をよこしてくれと無線で話していた。

鉄男はさとるの名前を呼んだ。担架に突進しようとした鉄男を、消防士が止める。恋人なんですと叫ぶと、彼らは手を離した。

担架の上には、さとるが横たわっていた。名前を呼ぶと、彼女はうっすら目を開けた。鉄男の顔を認めたか認めないうちに、彼女は再び目を閉じた。いつも透けるように白い頰が灰で煤《すす》け、あちこち赤黒くなっている。

そのままいっしょに救急車に乗って病院まで行ったが、さとるは意識を取り戻さないまま集中治療室に入った。そのまま面会謝絶になっている。

あと二つの担架は、父親と母親だった。二人とも火傷《やけど》がひどく、同じように重体だった。みつるだけが、姉を捜して夜の街に出ていたため無事だった。

あれから十日、現場検証も鑑識も済み、明日にはこの家は取り壊される。うっすら焦げたブロック塀に寄り掛かり、家を眺めているとポンと肩を叩かれた。

「口開けてぼーっとしちゃって。顔が間抜けよ」

見ると、男物のスタジアムジャンパーを着て、軍手をはめたみつるが笑顔で立っている。

「あ、ごめん。あとは何運ぶ？」

「もうない。どうせ全部水浸しだもん」

鉄男は庭先に出ている段ボール箱を顎《あご》で指した。

「あんな、ちょっとでいいの？」

「こうなってみるとさ、別に大切な物なんて大してないのよ。通帳も保険証も無事だったし、何しろ火災保険の証書も焼けてなかったんだから。それでもう充分」

みつるのおどけた言い方に鉄男は笑う。家を解体する前に、少し荷物を運び出したいから手伝ってくれないかとみつるに頼まれたのだ。だから鉄男は友人にバンを借りてきた。けれど、みつるが水を被《かぶ》った家の中から運び出した物は、小さめの段ボール箱が五つだけだった。それをこれから、みつるの恋人のアパートに運び込むのだ。

「疲れたあ。休憩しようよ」

「あ、俺、ジュース買って来てある」

そう言って鉄男は車までジュースの缶を取りに行った。戻るとみつるが庭の敷石の上に腰を下ろし、煙草をふかしていた。

隣に腰を下ろし、二人は並んでジュースの缶を開ける。みつるはそれを一気に喉《のど》を鳴らして飲んだ。そして、ビールを飲んだ後のように、小気味よく息を吐く。

家は半焼して取り壊しになり、彼女以外の家族は全員入院してしまった。保険金が下りるにしても、家のローンや入院費といった金銭的な問題だけでなく、家族三人のこれからのケアの問題もある。そしてみつる自身も傷ついているであろう。なのに妙に彼女はすっきりした顔をしていた。

「みつるちゃん」

「んー？」

みつるは二本目の煙草に火を点けている。

「俺のアパートにある物、何でも持って行っていいよ。ほら俺、三月いっぱいで田舎に帰るからさ。服でもテレビでも何でも欲しいもの持ってって」

横目で鉄男を見ると、彼女は口許《くちもと》だけで笑った。

「ありがとう。でもいいよ。彼氏の部屋に何でもあるし。会社の人達もカンパしてくれて、今んとこ困ってないから」

鉄男もぼそぼそと煙草をくわえた。

「うん。でも、やっぱりみつるちゃんには恋人がいたんだなあ」

「なあに言ってんの。いないわけがないでしょうが」

くつくつ笑うみつるに、鉄男も仕方なく笑顔をつくった。

「それより、田舎に帰っちゃうって本当？」

鉄男は煙草の煙を吐いて、首をひとつポキリと鳴らした。

「実はまだ迷ってる」

「黒コゲのお姉ちゃんを捨てて、行ってしまうの？」

両手を胸の前であわせ、ふざけた調子でみつるが言った。

「捨てられないよなあ」

「いいよ別に。無理しないでも」

からりとクールに、みつるはそう言い放った。

「無理ってわけじゃ」

「でも、どうして帰るのさ。そんなこと一言も言ってなかったじゃない」

「まあね。最初からそういう約束だったんだ。四年間だけ、東京で遊ばせてくれって」

鉄男の父親は健在だが、もうずいぶん前から家にいない。外に愛人をつくり、そちらの家に入り浸っているのだ。子供もできたらしく、父にしてみれば、自分の家族はもはやあちらの人達なのだろう。

父は再三、母に離婚を請求してきた。悪いのはこちらだし、慰謝料も言われただけ払う。頼むから離婚してくれと、母に手紙や電話で頼み込んできた。

お嬢さんとして育ち、自分では家計簿ひとつつけたことのない母は、それに応じようとはしなかった。母にとって、何より大切なのは結婚しているという事実なのだ。愛情などとっくに冷めていても〝捨てられた〟という現実を、母のプライドはどうしても受け入れられなかったのだ。

家業の製麺《せいめん》工場は、今は社長不在のまま現場の人間が切り盛りしている。母には、二十人ほどの従業員のトップにたつ勇気もやる気もない。だから鉄男が大学を出たら社長になるのが当たり前だと思っているのだ。

鉄男は一応、抵抗したことはあるのだ。現場が順調に動いているのなら、その中の誰かを名前だけの社長にして、母がオーナーになればいいではないかと。

けれど母は「他人に工場を渡すのは嫌だ」とただ泣いた。それは、責任は嫌だけれど、安心はしていたいという、母の甘い発想だった。けれど鉄男は工場を継ぐことを承諾した。あまりにも母が憐《あわ》れだったからだ。

五歳年上の兄は、とっくの昔に欺瞞《ぎまん》だらけの家族に愛想を尽かし、音信といえば正月に年賀状が一枚来るだけになっていた。母がいつまでもお嬢様で、いつも誰かにべったり依存していないと生きていけない人間だからこそ、まわりの者は疲れて離れていくのだ。自業自得ではあるのだが、鉄男はどうしても母が捨てられなかった。皆、母から離れていってしまう。自分だけはあの少女のような、自分を産んだ女を助けなければならないような、そんな切迫した気持ちがあったのだ。

かいつまんで話すと、みつるは感心したように軽く唸《うな》った。

「なるほどねえ。鉄男さんにも家庭の事情があったんだ」

「おかげさまでね」

残りのジュースを飲んでしまうと、鉄男は空を見上げた。冬の空はどこまでも透明で青い。

「さとるさんを、連れて帰ろうかとも思ってる」

「へえ」

大して驚いたふうでもなく、みつるは膝《ひざ》を抱えてそう言った。

「お袋は自分の気に入った女の子を捜して、俺に見合いさせる気でいるけど、そこまで俺の人生に口を出させることはないもんな」

みつるは天に向かって煙草の煙を吐くと、ちらりと冷たい目を鉄男に向けた。その目の感じが、母親に似ていて鉄男はどきりとする。

「お姉ちゃんに、まだ会ってないんだよね」

急に話題を変えられて、鉄男はきょとんとした。

「あ、ああ。まだ面会謝絶で」

「私は二度会ったんだけどね。五分ずつぐらいで短かったけど」

「どうだった？　大丈夫？」

「うん。火傷の跡は、そりゃ少しは残るらしいけど、あちこち移植すれば大丈夫だって。もう少しでＩＣＵも出られると思う」

鉄男は息を吐いた。それなら、明日にでも病院に行ってみよう。五分だけでも会わせてもらえるなら顔を見たい。

「私、聞いたの。何があったのって。お姉ちゃんが警察に話す前に聞いておきたかったから」

「うん」

「そしたら、言うのよ。私が火を点《つ》けたのって」

鉄男は静かに唇を噛《か》んだ。そうは思いたくないと必死に気持ちにブレーキをかけていたけれど、本当は胸の一番奥で思っていたことだった。

「お父さんの布団に灯油をまいて、ライターで火を点けたって。あっという間に燃え広がって、慌てて座布団で叩《たた》いて消そうとしてたら、お母さんが襖《ふすま》を開けて入って来たんだって」

「誰かが消火器を使ったから、皆死ななくて済んだって消防士が言ってたな」

「お母さんよ。そういう現実的なことができるのはお母さんなの」

みつるは前髪を、ふっと息で上げて言う。

「でね、次は私、お父さんの所に行ったのよ。お父さんが一番火傷《やけど》がひどくて、うつ伏せに寝かされて、シーツもかけられなくて、つらそうだった。でも私、聞いたの。何があったのって」

鉄男はじっと、みつるの唇を見つめる。母親と同じピンクベージュの唇。

「そしたらさ、あの頭のおかしい親父が、息も絶え絶えに、でもすっごく正気っぽい声で言ったのよ。火を点けたのは自分だって」

鼻の頭を、鉄男はぽりぽり掻《か》いた。

「まさかお母さんまで、私が点けましたって言うんじゃないだろうな」

「まっさかあ。お母さんは重体のくせしてぶりぶり怒ってたわよ。さとるもお父さんも、頭がおかしいから隔離しろって」

笑い事ではないのかもしれないが、鉄男は思わず吹き出した。

「まだちゃんと警察の人とも話してないし、自分の家に火を点けるのが放火の罪になるのかどうかよく分からないけど」

みつるの冷静な言葉に、鉄男は自分を恥じて下を向いた。よその家にも飛び火しなかったし、そこまで考えていなかったのだ。

「本当のことは、永遠に分からないのかもしれない」

彼女は他人事《ひとごと》のように呟《つぶや》く。

「さとるさんはお父さんをかばって、自分がやったって言ってるのかな」

「さあね。あの親父がちゃんと法廷とかそういうところで証言できるとも思えないし。でも、お姉ちゃんが点けたっていうのも、あながち嘘じゃないような気もする」

「どうして?」

「あの日、お母さんとお姉ちゃん、大喧嘩《げんか》したのよ。びっくりしちゃった。お母さんが一方的にお姉ちゃんをいじめるのはよくあることだったけれど、お姉ちゃんが言い返すの見たの、初めてだった」

「へえ」

「何が驚いたって、お姉ちゃんったらお母さんに向かってババアって言ったのよ。ババア。それでお母さんのことぶん殴って馬乗りになって、首まで絞めたんだから。慌てたよ、私。いくら嫌なババアでも、殺しちゃったらまずいもんね」

それはもしかしたら、運命の一瞬だったのかもしれないと鉄男は思った。幾重にも巻きついた魔女の鎖を、さとるは振り払ったのだ。

「勢いがついて、こんな家、燃やしてやるって思っても不思議じゃないよ」

「……そうかもな」

そこでみつるは、ぶるっと身震いをした。寒くなっちゃったと言って立ち上がり、ジーンズの尻《しり》を手で払った。鉄男は彼女を座ったまま見上げている。立ち上がる気力が湧いてこないのだ。そんな鉄男を、みつるが小首を傾《かし》げて見つめている。

「あのね、鉄男さん」

「うん」

「鉄男さんの家の話とうちの話は全然違うし、うちみたいなクレイジーな家族といっしょにしちゃ失礼なんだけどさ」

照れたようにして、みつるが歯を見せる。

「入院してるのは、私の両親とお姉ちゃんだよ。だからできる限りは面倒見る。でも、どこまでやったら親孝行で、何をしなかったら親不孝なんだろう」

鉄男は腰を下ろしたまま、みつるの寒さで赤く染まった頬を見上げていた。生きている女の子の、健康なその頬。

「親不孝だって言われようが、これからは彼氏と暮らすことにする。もうここには戻って来ないよ。この土地、売っちゃうんだかまた家を建てるんだか知らないけど、もうお父さんもお母さんも、お姉ちゃんのことも、可哀相だなんて思わない」

きっぱり言って、みつるは鉄男に手を差し伸べた。鉄男はその、小さくてきれいな掌を見つめる。

「ほら立って。もう行こう」

鉄男はおずおずと、みつるの掌に自分の右手を伸ばした。重ねて握る。みつるがぎゅっと力を入れた。

みつるに引っ張られ、鉄男はやっとそこから立ち上がった。鉄男は泣きたいのを、我慢した。女の子が泣いていないのだ。男の自分が泣くわけにはいかない。


鉄男は県立病院の集中治療室の前に立っていた。看護師に呼ばれ、そのドアを入ると、手の殺菌をされ、緑色の上っ張りと帽子を渡された。それを身に着けると、鏡に映った自分の姿はまるで幼稚園児のようだった。今にも泣きそうな顔をしている。

面会は五分きっかり。決して興奮させないこと。

看護師に厳重に言い聞かされて、鉄男は病室の奥に進んだ。思ったより広いICUの中にベッドが三つ。その一番奥に、さとるがいた。

体にシーツが触れないようにであろう、細長い箱のようなものが入っているベッドにさとるは寝ていた。腕はシーツから出ていて、包帯が巻かれている。点滴の針を刺した場所だけ包帯がなく、そこから爛《ただ》れた皮膚が見えていた。顔も右半分に大きなガーゼが貼ってある。

決して泣くまいと思っていたのに、既に鉄男は泣いていた。

さとるが顔を向ける。その目許《めもと》がふっくら細められた。

「もうすぐ田舎に帰るんでしょう。お別れを言いに来てくれたの？」

まったく厭味《いやみ》のない声で、さとるはそう尋ねてきた。

「帰らないよ」

「無理しないで。私は大丈夫だから」

そうだ、みつるも無理しないでと言っていた。それは同情ならやめてほしいという意味だろうか。半端に同情されて、後で苦い別れが待っているなら、今ここで離れてしまった方がいい。期待を持たせ、夢を見させるのは、残酷なだけなのだ。

「帰らないよ。ここにいる」

それでも鉄男はそう言った。奥歯を噛みしめ、こみ上げてくる嗚咽《おえつ》を堪《こら》える。

「いいのよ」

「本当だよ。結婚するって言ったじゃないか。ずっとそばにいる」

顔のガーゼの下から、ケロイドになった鼻が覗《のぞ》いていた。さとるはじっと鉄男の顔を見つめている。

「あのね、鉄男」

ゆっくりとさとるは話した。ちらちらと看護師がこちらの様子を窺《うかが》っている。

「救急車に乗せられる時、いてくれたでしょう」

鉄男は頷《うなず》いた。さとるは覚えていたのだ。

「あの時、鉄男の後ろに、夜明けの街が見えたの。私、ずっと坂の一番上に住んでたはずなのに、そこから見下ろせる景色をよく見たことがなかった気がした」

「……さとるさん？」

「まだ空は暗いブルーでね、遠くに山が見えるの。その下に街の灯がいっぱい見えて、すごくきれいだった。ああ、朝になるんだなって思って嬉《うれ》しかった」

鉄男はそっと、白いシーツの上に投げ出されたさとるの手に触れた。

温かい感触。生きている女の子の、手のぬくもり。

さとるの唇はそこできゅっと結ばれた。彼女達母娘は、唇が一番似ている。形のいい、珊瑚《さんご》の唇がかすかに震えていた。

「死なないでよかった」

絞り出すように、さとるはそれだけ言った。鉄男は目をつむる。

嘘をついた自分への、何もかも自分の思いどおりにしようとしていた自分への、これは罰なのだと鉄男は思った。

先生、お水を下さいませんか。

ええ、すみません。喉《のど》が渇いてしまって。いえ、ただの水でいいです。

ああ、どうもありがとうございます。

痛みですか？　ええ、昨日よりはだいぶましになった気がします。そうですね、明日になると、また少しよくなっているはずですよね。痛みで眠れない時はつらいですけど、先生がずっとついていて下さるから。

え？　先生じゃないって？　看護婦さん？　そうなんですか。わたしはてっきり、新しい先生なのかと思ってました。

その人は誰かって？　ずっとわたしのカウンセリングをやってくれていた先生なんです。自宅まで来てくれましてね、わたしの話を嫌がらずに何でも聞いてくれました。まだ若い女性なのに、しっかりした素敵な人でね。

え？　やだなあ。そんなんじゃないですよ。そりゃ、きれいで感じのいい人だとは思いましたけど、わたしなんか相手にされるはずがないじゃないですか。

でもね、実はその先生、わたしの妻の若い頃にそっくりだったんです。

髪がさっぱり短くて、目許が涼しげできらきらしていて、清潔で頭のいい人でした。

妻ですか。え？　この病院に入院してるって？　どうして？　何かあったんですか？

ああ、そうですか。大したことがなくてよかった。

馴《な》れ初《そ》め？　いやだな、そんなこと、こんなおじさんに聞かないで下さいよ。

大して面白い話じゃないですよ。ごく当たり前の出会いです。大学生の時に知り合いましてね。彼女は奨学金をもらって学校に通っていました。才女でちょっと近寄りがたいところがある人だったんですが、当時わたしは学食でバイトをしてたんですよ。で、いつもラーメンかカレーしか食べない彼女に、たまにサラダとか冷や奴《やっこ》とかをサービスしたんです。それで何となく仲良くなって。

ほら笑う。つまらない話でしょう。

妻の母親が反対していたんですけど、ほとんど駆け落ちみたいな状態で結婚しました。彼女みたいな人が、どうしてわたしのような冴《さ》えない男を選んでくれたのか分からなくて、聞いたことがあったんですよ。そうしたら、彼女はこう言いました。あなたのその、男を振りかざさない、優しいところが好きだって。

娘が二人生まれました。ええ、幸せでした。ちょっと通勤はつらかったけど、郊外に家も建てましたしね。妻はいつまでも若くて美しくて、娘二人もいい子に育ちました。

ああ、話したら少し疲れてしまって……のろけてる？　ああそうか、すみません。

ええ、大丈夫です。眠ります。

先生、ちょっと待って。ひとつお願いがあるんですけど。

わたし、よく覚えていないんですが、ずっとカウンセリングをしてくれた先生に、とても失礼なことをしてしまったような気がするんです。もし彼女が怒っているのなら、ちゃんと謝りたいと思っているんですけど。

そうですか、捜して下さいますか。

ありがとうございます。

もう一度、わたしはあの方に会いたいんです。

会って、お礼を言いたいんです。

ええ、分かりました。さっき薬をもらったから、今日はぐっすり眠れそうです。

はい、先生。もう眠ります。

単行本　一九九五年十一月　幻冬舎
文庫　一九九九年四月　幻冬舎
　　　二〇〇六年五月　文藝春秋

群青《ぐんじょう》の夜《よる》の羽《はね》毛《もう》布《ふ》

山本《やまもと》文緒《ふみお》

平成26年 1月25日　初版発行
令和5年 4月10日　12版発行

発行者●山下直久

発行●株式会社KADOKAWA
〒102-8177　東京都千代田区富士見2-13-3
電話　0570-002-301（ナビダイヤル）

角川文庫 18338

印刷所●株式会社KADOKAWA
製本所●株式会社KADOKAWA

表紙画●和田三造

ISBN978-4-04-100696-2　C0193

角川文庫発刊に際して

角川源義

第二次世界大戦の敗北は、軍事力の敗北であった以上に、私たちの若い文化力の敗退であった。私たちの文化が戦争に対して如何に無力であり、単なるあだ花に過ぎなかったかを、私たちは身を以て体験し痛感した。西洋近代文化の摂取にとって、明治以後八十年の歳月は決して短かすぎたとは言えない。にもかかわらず、近代文化の伝統を確立し、自由な批判と柔軟な良識に富む文化層として自らを形成することに私たちは失敗して来た。そしてこれは、各層への文化の普及滲透を任務とする出版人の責任でもあった。

一九四五年以来、私たちは再び振出しに戻り、第一歩から踏み出すことを余儀なくされた。これは大きな不幸ではあるが、反面、これまでの混沌・未熟・歪曲の中にあった我が国の文化に秩序と確たる基礎を齎らすためには絶好の機会でもある。角川書店は、このような祖国の文化的危機にあたり、微力をも顧みず再建の礎石たるべき抱負と決意とをもって出発したが、ここに創立以来の念願を果すべく角川文庫を発刊する。これまで刊行されたあらゆる全集叢書文庫類の長所と短所とを検討し、古今東西の不朽の典籍を、良心的編集のもとに、廉価に、そして書架にふさわしい美本として、多くのひとびとに提供しようとする。しかし私たちは徒らに百科全書的な知識のジレッタントを作ることを目的とせず、あくまで祖国の文化に秩序と再建への道を示し、この文庫を角川書店の栄ある事業として、今後永久に継続発展せしめ、学芸と教養との殿堂として大成せんことを期したい。多くの読書子の愛情ある忠言と支持とによって、この希望と抱負とを完遂せしめられんことを願う。

一九四九年五月三日